青森ねぶた殺人事件

西村京太郎

角川文庫
22173

目次

第一章　大太鼓

1

江東区亀戸に、日本民芸工業という町工場が、ある。工員が十五名。日本の民芸品を、作っているが、同時に、日本の民俗楽器である、三味線や太鼓などの、修理もしている。その方面では、一応、名前の通った、会社だった。

そこに、五月十二日、小型トラックで、大きな荷物が、届けられた。木枠に収められた見事な大太鼓である。

社長の青木も、ビックリして、

「こんな大きな、太鼓の修理を、頼まれたのは、初めてだな」

と、いった。

その太鼓には、

（この太鼓、表の皮が、傷んでおりますので、至急、修理願います）

という添書が、あった。依頼主は、青森市内にある、片岡興業という民俗楽器の会社だった。

この会社から、太鼓の修理を、頼まれるのは、初めてで、青木社長は、事務をやっている長井智子に、

「念のために、この会社に、連絡をして話をきいてくれ」

と、いった。

智子は、その会社に、電話をかけて、話をきいていたが、電話を切ると、

「確かに、太鼓の修理を、頼んだそうです。何でも、八月の、ねぶたに、間に合わせたいので、なるべく早く、修理をお願いする、そういう返事でした」

と、青木社長に、いった。

青木は、木枠を外して、中の、太鼓を、取り出した。

胴の大きさは、直径一メートル、長さ一メートル五〇センチぐらいの、いわゆる、長胴タイプと呼ばれるもので、一本の木をくり抜いて作られた、極上品だった。

太鼓の両側には、皮が張ってあるが、この皮には、表と裏があり、表のほうが、厚さが厚い皮で、裏のほうは、薄い皮である。

なるほど、よく見ると、表の皮の、鋲で留めた辺りに、傷があった。

「立派なものですね」

と、中居という工員が、感心したように、いった。

中居は、この会社に、もう、三十年勤めているベテランだった。

「これだけのものを作るのは大変だよ。まず、木を切ってきて、それを、乾燥させるのに、三年。それから、全部仕上がるまでに、合計十年はかかるんだ」

と、青木社長が、いった。

「確か、青森県のねぶた祭りは、八月の上旬でしたね？」

と、中居が、いう。

「そうだ。一度見に行ったことがあるが、確か、八月の二日から七日あたりじゃなかったかな？　その練習もしなくちゃならないだろうから、それに、間に合わせなくちゃならないな」

と、青木社長は、いった。

「こんな大きな、太鼓の修理は、初めてですから、気が入りますよ」

と、中居が、いい、ほかの工員たちも、同じように、光沢のある太鼓の、胴の辺りを、撫(な)ぜるようにして、見ていた。

依頼書には、

（表の修理をお願いする）

と、書いてあるから、当然、同じ皮を、用意して、張り替えざるを、得ないだろう。まずやることは、その皮の調達だった。それを、青木は、営業をやっている、田中に頼むことにして、

「まず、鋲を外して、表の皮を、外してみよう」

と、工員たちに、いった。

表の皮を、留めている何本もの鋲を、一つずつ慎重に、外していく。全部の鋲を、取り外すのに、一時間は、かかった。

その後、傷のついている表の皮を、ゆっくりと、胴から外していく。

外し終わった後、中居が、何気なく、太鼓の胴の中を、覗(のぞ)いていたが、不意に、

「わッ!」

と、大きな声を出した。

「バカな声を出すな!」

と、青木社長が、叱(しか)りつけた。

「大変ですよ、社長」

と、中居が、青い顔で、いった。

「何が大変なんだ?」

「太鼓の中に、死体があります。死体ですよ、社長」

と、中居が、声を震わせた。

2

刑事たちの乗ったパトカーと、鑑識の車が、急行してきて、不景気で、静かだった、町工場の一帯が、急に、騒がしくなった。

十津川警部は、懐中電灯で、太鼓の、胴の中を、照らしてみた。

若い女の体が、折り曲げられた形で、そこに倒れていて、体の周辺には、何のつもりなのか、藁(わら)くずが、多量に、押し込んであった。

若い刑事たちが、手を伸ばして、藁くずと一緒に、女の死体を、太鼓の外に引き出した。

年齢二十五、六歳の、女の死体だった。

「首を絞められていますね」

と、亀井刑事が、いった。

細い首に、確かに、絞殺の跡がある。しかし、その顔は、きれいだった。

普通、首を絞められると、鼻血が出たり、苦痛の表情が、浮かんでいるものなのだが、なぜか、その顔には、血の跡もなく、きれいだった。

「死体に、化粧をした跡があります」

と、北条早苗刑事が、いった。

なるほど、よく見れば、口紅がきれいに塗られていたし、アイシャドウも、きちんとされている。

とすると、殺した犯人が、化粧を施してから、この大太鼓の中に、死体を閉じ込めて、また皮を、張ったのだろうか？

十津川は、この太鼓の、送り主である、青森市の片岡興業という会社に、電話をかけてみた。

まず、女性が出て、それから、佐々木という営業部長が出た。

十津川は、自分が、刑事であることを告げてから、

「そちらから、ねぶた祭りに使う、大太鼓を修理するために、東京の会社に、送りましたね？」

と、きいた。

「ええ、確かに、大太鼓の修理を、東京の会社にお願いしました。毎年、何個か、大太鼓の修理を、お願いしている会社なんですよ。それが、どうかしましたか？」

と、佐々木という部長が、きく。

「実は、その太鼓の中から、若い女の死体が出てきましてね。それで、殺人事件とし

て、こちらで、捜査を始めたのですが、何か、思い当たることは、ありませんか？」

と、十津川が、きいた。

一瞬、相手の声がきこえなくなった。驚いているのだろう。何秒かして、

「それって、本当の話なんですか？」

と、きく。

「本当です。死体は、二十五、六歳の女性で、身長一六〇センチぐらい、痩せ型で、色白の女性です。何者かに、首を絞められたと思われる跡があります。犯人は、首を絞めた後、大太鼓に閉じ込めて、皮を張り直したと、思われるのですが、そちらで、何か思い当たることはありませんか？」

「そんな、思い当たることなんて、まったくありません。第一、うちの大太鼓の中に、どうして、女の死体なんかが、入っているんですか？」

と、相手は、怒ったように、きいた。

「しかしですね。この大太鼓が、そちらから、送ってきたものであることは、間違いないんです。ですから、どなたか、責任者がこちらに来て、死体を確認していただけませんか？」

と、十津川は、いった。

「もちろん、これからすぐ、行きます」

と、相手は、いってから、電話の向こうで、

「わけがわからん」

と、いっているのが、きこえた。

その日の夜遅く、佐々木がやってきた。

東京駅に着くというので、十津川と亀井が、パトカーで迎えに行った。

佐々木は五十年配の男で、パトカーに乗ってからも、

「とにかく、わけがわかりませんよ。何しろ、こんなことは、初めてですからね」

と、いっている。

「では、江東区亀戸の会社に、ご案内しましょう」

と、十津川が、いうと、

「江東区の会社って、何のことですか？　うちはいつも、太鼓の修理は、東京の、品川の会社に、お願いしているんですが」

と、佐々木は、いった。

「しかし、お宅の太鼓が、運ばれてきたのは、江東区亀戸にある、日本民芸工業という会社なんですよ。民芸品の修理もしているし、三味線や、太鼓の修理も、している会社ですが」

と、十津川が、いった。

「おかしいな。そういう会社に、太鼓の修理をお願いするはずは、ないんですがね。いつもお願いしているのは、日本太鼓という品川の会社なんです。そこは、大太鼓の修理を、専門にしてくれるところで、信用しているので、いつも年間、二、三個は、大太鼓の修理を、お願いしているのですが」

と、佐々木は、いった。

佐々木が、ウソをついているようには、見えなかった。

とすると、なぜ、江東区の亀戸にある、町工場に、大太鼓が、運ばれてきたのだろうか？

十津川は、とにかく、佐々木を、亀戸の工場に、連れていった。

死体はまだ、太鼓のそばの、床に寝かされ、布を、被せてあった。十津川が、その布をめくり、死体の顔に、光を当てると、佐々木の顔が、青くなった。

「この女性に、見覚えがありますか？」

と、十津川が、きいた。

佐々木は、青ざめた顔のまま、首を横に振って、

「まったくありません。見たことのない顔ですよ」

と、いった。

「本当に知らない顔ですか？」

と、十津川が、念を押した。

「知りません。初めて見る顔です。私の周りには、こういう女性は、いませんよ」

と、佐々木は、声を大きくして、いった。

十津川は、太鼓につけられていた送り状を、佐々木に、見せた。

「これが、お宅から、こちらの会社に、修理を依頼するという送り状なんですが、はっきりと、江東区亀戸×丁目の日本民芸工業株式会社と、書いてあります。ですから、間違いなく、お宅から、この会社に、送ったものなんですよ」

と、十津川が、いった。

「ちょっと、見せてください」

と、佐々木は、その送り状を、ひったくるようにして、

「こんなことを、書くはずは、ないんですよ。さっきも、いいましたが、うちがいつも、大太鼓の修理を依頼するのは、品川にある会社なんですから」

と、いった。

「じゃあ、この送り状は、どういうわけですか？」

と、きく。

「あいつだ」

と、急に、佐々木が、いった。

「あいつというのは、どういうことですか？」

と、十津川が、きいた。

「いつも、うちの会社の、庶務係が、発送の手続きをするんですが、この字は、間違いなく、その庶務係の、沢田という男が、書いた字なんです。沢田が、なぜかわかりませんが、いつも、太鼓の修理を、お願いしている品川区の会社の名前ではなくて、こちらの会社の名前を、書いてしまったんですよ。それで、こちらに、送られてきたんです」

と、佐々木は、いった。

「しかし、どうして、その沢田という男が、この会社の名前を、送り状に書いて発送してしまったんですか？」

「わかりませんね。そういえば、今日、あいつは、休んでいた。これを、送ったのは、五月の十日ですから、その日に、沢田が書いた送り状ですよ。そして、今日休んでしまったんだ。何を考えているのか、わかりませんね、あいつは」

と、佐々木は、憎々しげに、いった。

「その沢田というのは、どういう社員なんですか？」

と、亀井が、きいた。

「年齢は、二十五歳でしたかね。いや、二十六になっているのか、とにかく、五、六年前に、採用した男なんです。一応、仕事は、真面目にやっているんですが、友だちも、あまりいなくて、会社では、浮き上がっている、妙な男なんです。それにしても、あいつがどうして、こんなことをしたのか、まったく、わかりませんね」

と、佐々木が、繰り返した。

十津川は、時計に、目をやって、

「もう、この時間では、青森の会社は閉まっていますね。明日になったら、さっそく、その、沢田という男から、話をきいてみてください」

と、いった。

「もちろん、ききますよ。どうしてこんな、バカな真似をしたのか、問い質してやります」

と、佐々木は、激しい口調で、いった。

3

佐々木が、落ち着いたところで、十津川は、改めて、話を、きくことにした。

「確か、お宅の会社は、片岡興業という名前でしたね?」

「そうです。片岡興業です。ねぶた祭りについて、その開催の一翼を、担っています。

もう、祭りとは、五十年来の関係ですよ」

と、佐々木は、自慢げに、いった。

「片岡興業では、こうした、大きな太鼓を、作っているのですか？」

と、十津川が、きいた。

「いや、実際に、作っているのは、ほかの会社で、うちは、そこから、大太鼓を買って、祭りの時に、提供しているのです」

「太鼓の修理は、お宅では、できないんですか？」

「そうです。できないから、東京の、品川の会社に、修理をお願いしたり、青森市内の会社に頼んだりしているのです。何しろ、どこでもできるような、修理じゃありませんからね。それに、八月には、ねぶたも、始まりますし、その稽古（けいこ）も、しなくちゃいけないので、青森市内の会社だけでは、修理が、間に合いません。それで、今もいったように、東京の品川の専門の会社に、修理を、お願いしているんです。確か、この会社の社長は、青森の出身のはずですよ」

と、佐々木は、いった。

「こんなに、大きな大太鼓になると、鋲を外して、張ってある皮を、外すのは、難しいんじゃありませんか？　この会社では、一時間ほどかかったと、いっていましたから」

と、十津川が、いった。

「確かに、難しい作業ですが、うちの人間は、鋲を外すくらいのことなら、簡単にできますよ。だから、沢田が、自分でやったに違いないんです」

と、佐々木が、いう。

もし、佐々木のいうことが本当なら、その沢田という男が、女を殺して、死体を藁くずと一緒に、太鼓の中に押し込んで、この江東区亀戸の会社に、送ったのだろうか？

一応、そうしたストーリーが、考えられるが、しかし、なぜ、そんなことを、したのかが、わからなかった。

女性の死体は、司法解剖のために、大学病院に運ばれ、佐々木は、ひとまず、江東区内にある旅館に、泊まることになった。

死体の所持品を、いくら調べても、被害者の身許（みもと）が、わかるようなものは、見つからなかった。しかし、死体が太鼓と一緒に、青森から運ばれてきたことだけは、間違いないのだ。

とすれば、この死体は、青森の人間だろう。そして、おそらく、この太鼓の所有者である会社、片岡興業と、何らかの関係がある、女性であることは、間違いない。

翌朝、佐々木は、日本民芸にやってくると、正規の送り先である、品川区内の太鼓専門の修理工場に、太鼓を、送り直す手続きを、取ることになった。

その途中で、九時を過ぎると、十津川の頼みで、佐々木は、青森市内の片岡興業に電話をかけた。

「庶務の沢田君を、呼んでもらいたいんだ」

と、佐々木は、電話口で、大きな声を出した。

しかし、十津川がきいていると、

「何？　まだ出勤していない？　じゃあ、彼の携帯は、わかっているだろう、それにかけてみてくれ」

と、いっている。

五、六分すると、佐々木の持っている携帯が鳴って、

「沢田は、携帯にも、出ないのか。それじゃあ、今からすぐ、君が、沢田のマンションに行って、もしいたら、捕まえて、いったい、何をしたのかを、きいてみてくれ」

と、怒ったように、いっている。

その後、佐々木は、十津川に向かって、

「お聞きのように、沢田は、今日もまだ、出社していないんです。昨日も休んでいるから、今日も、休みかも知れません。きっと、後ろ暗いことがあるから、出勤していないんです。沢田のヤツ、会社に、何か、恨みでもあって、死体を、大太鼓の中に押

し込んで、この江東区の会社に、送ったんですよ。そうすれば、大騒ぎになって、うちの会社の名前に、傷がつくだろうとでも、思ったんでしょう、きっと」

と、いった。

さらに、三十分ほどして、また佐々木の携帯が鳴り、それに出た、佐々木が、大きな声で、

「何だって、ヤツは、マンションにも、いないのか！　それで、管理人は、何といっているんだ？　エッ、二日前から、帰っていない、そういっているのか？　私は、これから、すぐに帰る」

と、いって、また、十津川を見た。

「沢田は、逃げましたよ。あいつは、こんなイタズラをして、逃げたんですよ。犯人は、沢田に、決まっています。ですから、十津川さんも、早く沢田を、捕まえてください」

「そのためには、沢田という人の、写真が欲しいし、経歴も知りたいんですがね」

と、十津川が、いった。

「今日、青森に帰ったら、写真と経歴をすぐに、送りますよ。それから、青森の警察にも、このことを、話すつもりです」

と、佐々木は、怒りの収まらない顔で、いった。

4

　佐々木は、大太鼓を送り直す手続きを済ませてから、青森に帰っていった。

　日本民芸の青木社長は、肩をすくめて、

「大騒ぎになりましたが、何が何だか、まったくわかりませんね」

　と、十津川に、いった。

「そのお気持ちは、わかりますよ。いきなり、大太鼓が送られてきて、その中に、女性の死体が、入っていたんですから、ビックリなさったと思いますよ」

　と、十津川も、苦笑するより、仕方がなかった。

　江東警察署に、捜査本部が、置かれた。

　死体の身許は、依然としてわからない。わからないままに、司法解剖の結果が、十津川の手元に、送られてきた。

　死因は、想像通り、頸部（けいぶ）の圧迫による、窒息死。死亡推定時刻は、五月七日の、午後十時から十二時の間ということだった。

　太鼓の送り状によれば、太鼓が、青森市から発送されたのは、五月十日になっているから、その三日前に、殺されたことになる。

次の日、問題の、沢田という男の写真と、経歴が送られてきた。

平凡な、若い男の、写真だった。ただ、特徴といえば、眉が、濃いことぐらいだろう。

沢田圭介二十六歳、身長一七三センチ、体重七〇キロ。青森の県立高校を卒業後、青森の大学に、入学したが、二年で中退したと、書かれている。高校時代、ボクシングをやっていて、県大会に、出場したことがあるとも、書かれてあった。

片岡興業には、五年前に、入社し、一貫して庶務の仕事を、していたと、ある。

両親は、父親が早く亡くなり、母親が現在、彼の姉夫婦と一緒に、青森市内に住んでいるという。

ファックスには、

「その姉夫婦の家にも、沢田圭介は帰っておりません。今のところ、行方不明です」

と、書いてあった。どうやら、この文章は、あの営業部長の佐々木が、書いたらしい。

それから三時間ほどして、二通目のファックスが届いた。それには、沢田圭介について、次のように、書かれていた。

沢田圭介に、特定の恋人がいたという話はきいてませんが、同僚の話では、よく、市内のバーや、スナックで、飲んでいたということです。その店で、おそらく、若いホステスかママと、つき合っていたものと、思われます。

いつもは、大人しい沢田ですが、酒を飲むと、人が変わるところがあり、その点で、何をするかわからない男でも、あります。

それを、考えると、沢田が、どこかの女と、つき合っていて、ケンカになって、相手を殺したが、死体の処置に困り、ちょうど、修理に出す大太鼓があったので、それに、押し込めて東京に、送ったものと、思われます。

十津川たちは、もう一度、被害者の所持品について、調べ直してみた。

女は、ツーピースの、花柄の服を着ている。太鼓の中に、靴はなかったから、犯人は、どこか部屋の中で、彼女を殺し、そのまま、太鼓の中に、押し込めたのではないのか？

花柄のツーピースだが、まだ厚手で、春物のように見えた。東京は、すでに、初夏の装いだが、この時期まだ、青森は、寒さが、ぶり返したりしているのでは、ないだろうか？

花柄のツーピースのドレスは、高価なものには、見えなかったが、その代わりのように、女の左腕には、ブルガリの時計がはまっていた。調べてみると、五、六十万円ぐらいのものらしい。

犯人は、そのブルガリの時計は、外さずに、死体ごと、太鼓の中に、押し込めたのだ。それが、どういうことを、意味しているのか、今のところ、十津川には、見当がつかない。

しかし、少なくとも、犯人には、そのブランドものの時計を外して、奪おうとする気持ちは、なかったらしい。

十津川は、青森県警に、電話をかけてみた。事件のことを告げると、木下という警部が、電話口に、出てくれた。

「その件でしたら、昨日、片岡興業から、連絡が来ています。何でも、従業員の沢田という男が、若い女を殺して、大太鼓の胴の中に、その死体を入れ、東京に、送りつけた。そして、現在、行方不明になっているので、何とか探し出して、逮捕して欲しい。そういう訴えでした」

と、木下警部が、いった。

あの佐々木という、営業部長がやったのだろう。

「それで、青森県警としては、どういう捜査を、されるおつもりですか？」

と、十津川が、きいた。

「とにかく、沢田圭介という男を、見つけ出さないことには、どうしようもありませんから、青森県内の各警察に、指示を与えて、見つけ次第、沢田を、連行するようにと、いってあります。しかし、まだ、見つかっていません」

と、木下警部が、いった。

「こちらでは、大太鼓の、胴体の中に、入れられていた女性の捜査を、進めているのですが、所持品からも、身許が、わかりません。わかっているのは、青森の片岡興業が送った太鼓の中に、入っていたということだけです。それで、この被害者も、青森の女性ではないかと、考えていますので、できれば、そちらで、身許を洗っていただけませんか？　写真と死体の状況について、これから、そちらに、お伝えしますので」

と、十津川が、いった。

「わかりました」

と、木下警部が、いう。

「ついでにもう一つ、お願いしたいことがあるのですが。というのは、片岡興業という会社の件なのです。この会社についても、わかったことを、お知らせいただけませんか？」

と、十津川が、いった。

「警視庁は、この片岡興業という会社についても、何か、疑問を、お持ちなんですか？」

と、木下が、きいた。

「いえ、そういうことでは、ありませんが、太鼓の所有者である片岡興業についても、何となく、知っておきたいと、思っているのです」

とだけ、十津川が、答えた。

5

翌日、青森県警から、ファックスが送られてきた。片岡興業という会社についての説明だった。

昭和二十三年、カタオカ興業として発足。最初は、市内の風俗関係、あるいは、パチンコなどの、娯楽関係の会社として、出発したが、その後、片岡興業という新会社を設立し、そこでは、主として、青森のねぶた祭りの、太鼓などの貸し出しを一手に引き受ける、会社となった。

また、毎年、ねぶた祭りの後援もしている。

社長の片岡安二郎は、現在六十歳。毎年、ねぶたの製作について、スポンサーになっている。祭り大好きの、青森市内の、名物社長である。

片岡社長の、評判については、毀誉褒貶相半ばで、味方もいるが、敵もいるという男である。

酒も女も、好きな社長で、年末には八十人の社員を連れて、浅虫温泉で、二泊三日のドンチャン騒ぎをすることでも有名である。

会社の経営状態は、今のところ良好で、毎年一億円か、二億円の、黒字を計上している。

家庭的には、同年齢の妻がいて、一人息子の愛一郎は、現在、片岡興業の副社長である。

その片岡社長の写真と、会社の写真も、送られてきた。

写真に写っている片岡社長は、髪の毛が黒々としているせいか、六十歳という年齢よりも若く見えた。たぶん、青森では、成功者の一人なのだろう。その自信が、写真の表情に、現れていた。

6

月が替わってすぐ、青森県警から、大太鼓の中に入っていた、死体の身許がわかったという知らせが、あった。

十津川と亀井は、すぐに、青森に飛んだ。

八戸（はちのへ）まで、新幹線で行き、八戸から、列車を乗りかえて、青森まで行く。

青森駅には、電話で、何度か話し合った、木下警部が、迎えにきてくれていた。

電話の声は、大きいのだが、会ってみると、小柄な男だった。年齢は、五十代だろう。

木下警部は、十津川と亀井を、パトカーに案内してから、

「これからまっすぐ、女性の住んでいた、マンションに、行きますか？」

と、きいた。

「ぜひ、行きたいですね」

と、十津川は、応じてから、

「どうして、被害者の身許が、わかったんですか？」

と、きいた。

「実は、殺された女性の姉から、捜索願が、出ていたんですよ。その顔写真や、身体的特徴が、ピッタリ一致していましてね。それでわかったわけです。これから行くマンションには、そのお姉さんがいるので、話をきいてください」

と、木下は、いった。

問題のマンションは、港の近くにある、七階建てのマンションだった。その最上階の７０８号室に、問題の女性、平沼恵子の姉、美津子が、待っていてくれた。

２ＬＤＫの、かなり広い部屋である。女性らしい部屋で、あの被害者に顔の似た女性が、十津川たちを迎えた。

彼女は、十津川たちのために、コーヒーを淹れてくれてから、落ち着いた声で、

「間違いなく、妹の恵子です」

と、はっきりした口調で、いった。

美津子は、妹の恵子の写っている、写真アルバムを、見せてくれた。それを見ると、間違いなく、あの女性である。

「明日にでも、母と一緒に、東京に行って、妹の遺体を、引き取りたいと、思っています」

と、美津子が、いった。

「妹の恵子さんですが、ここで、何をしていたか、わかりますか？」

と、十津川が、きいた。

「実は、私も妹も、八戸の生まれで、私は、八戸で、今も生活していますけど、妹は、高校を卒業した後、二年ほどして、青森に出ていったんです。青森で、どんな仕事をしていたのか、妹は話してくれませんでした。最近わかったのですが、どうも、妹は、

青森市内の、クラブに、勤めていたらしいんです」

と、美津子が、いった。

その言葉を、引き取るようにして、木下警部が、

「平沼恵子さんが、働いていたのは、青森市内の繁華街の中にある、ミラージュという、クラブです。青森市内でも、高級なクラブとして有名で、青森の、政財界の有名人も、よく行くようなクラブだと、いわれています。彼女は、二年前から、そこで働いていたようで、ほとんど同じ時期に、このマンションに、住むようになっています」

と、教えてくれた。

「そのミラージュというクラブにも、行ってみたいですね」

と、十津川が、いうと、木下は、

「夜になったら、ご案内しますよ」

と、いってくれた。

問題は、その高級クラブで、働いていた、平沼恵子が、なぜ、死体になって、大太鼓の中に入っていたかということである。それについて、木下警部が、

「これは、私の推測なんですが、沢田という男が、たまたま、そのクラブに、遊びに行って、平沼恵子さんと、知り合ったんじゃないでしょうか？　彼女を好きになって、強引に誘ったかして、自分のマンションに、連れていった。そこで、何かあって、カ

ッとなって殺し、死体の処置に困って、あの大太鼓の中に、押し込めたんじゃないでしょうか？　その大太鼓を、東京に送っている間に、沢田は逃亡した。私は、そんなストーリーを、描いてみたのですが、どうでしょうか？」

と、木下は、遠慮がちに、十津川に、いった。

「そのストーリーは、私も、十分、納得できますね」

と、十津川は、いった。

「そうですか。納得できますか」

と、木下は、嬉しそうな顔をした。

サラリーマンと、クラブのホステス。男のほうは、彼女が好きになり、女に冷たくあしらわれたので、カッとなって殺した。よくある話だと、十津川は、思った。

殺した後で、死体の処理に、困ったのではないか？

すぐに、死体が発見されたのでは、自分が逃げ切れない。自分が、大太鼓の修理の発送を、頼まれているのをいいことにして、太鼓の中に、死体を閉じ込めて、発送した。

そして、その間に、男は逃亡した。十分に考えられる話である。

「では、これから、沢田圭介のマンションに、行ってみませんか？」

と、木下が、いった。

7

沢田圭介が、住んでいたマンションも、青森市内に、あったが、こちらのほうは、下町といった雰囲気の場所で、マンションも、商店街の中にあった。

その三階の1DKが、沢田圭介の部屋だった。

平沼恵子のマンションが、いかにも、若い女性の部屋らしく、華やかで、きれいだったのに比べ、こちらのほうは、何の彩りもなく、殺風景そのものだった。必要なものしか、置いていない感じで、作り付けの、安物のベッドと衣装ダンス、それに、テレビぐらいしか置いていない。

いや、ひとつだけ、使い古した、ボクシングのグローブが、天井からぶら下がっていて、それが、彼の高校時代の、思い出のように、十津川の目には、見えた。

十四インチの中古のテレビは、ビデオ兼用になっていて、その装置で録画したのか、何本かのビデオが、テレビの上に、重ねて置いてあった。

そこにあったビデオは八本で、そのうちの一本は、去年の、青森のねぶたの様子を、映したものだった。おそらく、青森のテレビ局が、放映したものを、録画したものに違いない。

った。

二本目は、太鼓の作り方を、描いたもので、これは、どこかで、買ったものらしかった。

残り六本は、いずれも、音楽番組を、録画したものだった。現代の若者らしく、宇多田ヒカルや、グローブのステージを、録画したものだったが、一本だけ、クラシックも、入っていた。これもおそらく、NHKの教育番組で、放送されたクラシックコンサートを、録画したものだろうと思われた。

そのクラシックの音楽は、チャイコフスキーの「悲愴」である。それが好きなのか、それとも、たまたま、録画したものなのかは、わからなかった。

「部屋の中は、一応、調べました」

と、同行した木下警部が、十津川に、いった。

「現金も通帳も、ありません。おそらく、出ていく時に、そういうものだけは、持っていったものと思われます」

「殺された、平沼恵子との関係を、示すようなものは、ありませんでしたか？」

と、亀井が、木下に、きいた。

「もちろん、私たちも、それを、重点的に調べたのですが、平沼恵子の写真も、ありませんでしたし、彼女からの手紙も、見当たりませんでした。携帯電話でもあれば、その着信から、関係がわかるのですが、携帯も、見つかっていません」

と、木下が、いった。

「沢田の母親と姉夫婦が、この青森市内に、住んでいるそうですね？　どんな家族なんですか？」

と、十津川が、きいた。

「それも、お会いになって、直接、確かめられたほうがいいと、思いますが、私が電話で話した感触では、ごく普通の、家族だと思います。母親のほうは、ひどく、心配しているようでしたし、息子の沢田圭介から、連絡があれば、すぐに、警察に知らせると、いってくれています」

と、木下は、いった。

十津川と亀井は、夜になれば、殺された平沼恵子が、勤めていたミラージュという、クラブに、行くつもりだが、その前に、片岡興業に行ってみたかった。

それを伝えると、木下警部はすぐ、パトカーを、そこまで走らせてくれた。

片岡興業株式会社は、青森市内を流れる堤川の近くにあった。

受付で、来意を告げると、前に会った、佐々木営業部長が、出てきた。

応接室に通される。その応接室の壁には、巨大な、ねぶた祭りの、カラー写真が飾られていて、部屋の隅には、あの大太鼓が、飾ってあった。

「今、沢田圭介のマンションに行ってきました」

と、十津川は、佐々木に、いった。

佐々木は、うかがうように、十津川を見て、

「どんな感じでした？」

と、きく。

「まあ、普通の、若者の部屋といった感じでしたね。改めて、沢田圭介さんのことについて、おききしたいのですが、ここの社員の中で、誰か、沢田さんと、いちばん親しかった人を、紹介してもらえませんか？」

と、いった。

「そうですね」

と、佐々木は、しばらく考えてから、

「沢田は、庶務課で働いていましたから、庶務課の課長を、ご紹介しましょう。わが社で、いちばんよく、沢田圭介のことを、知っていますから」

と、いった。

佐々木に呼ばれて、応接室に、入ってきたのは、四十五、六歳の男で、いかにも、実直そうな顔をしていた。

「庶務課長の仁科（にしな）君です」

と、佐々木が、いうと、仁科は、立ったまま、ペコリと頭を下げて、

「仁科でございます」

と、いったまま、座ろうとしない。

十津川は、

「まあ、座ってください」

と、相手を、椅子に座らせてから、

「あなたの下で働いている沢田圭介さんについて、いろいろと、おききしたいのですが、沢田さんは、どんな人間ですか？」

と、直截に、きいてみた。

仁科は、チラッと、佐々木のほうに、目をやってから、

「そうですね。まあ、ごく普通の若者です。真面目に働くし、今までにミスをして、会社に、損害を与えたことも、ありません」

と、いった。

「しかし、今回突然、断りもなく、会社を休んでいるんでしょう？　それについては、どう思っているんですか？」

と、十津川が、きいた。

「それで、私も、困っているんですよ。庶務課の人数は、五人しかいませんので、沢田君に休まれると、本当に、困るんです」

と、仁科は、困惑した表情で、いった。

「過去に、問題を起こしたことはありませんか？　たとえば、女性のことで、事件を起こしたようなことは、ありませんか？」

と、十津川が、きいた。

仁科は、また、佐々木のほうに、チラッと目をやった。

それを受けるように、佐々木が、

「去年の夏、問題を起こしたじゃないか。それを、刑事さんに、お話ししたらどうなのかね？」

と、いった。

「去年の夏、沢田さんは、何か、問題を起こしたんですか？」

と、亀井が、きいた。

仁科は、うなずいて、

「そうなんです。沢田君が、うちの女子社員と、トラブルを起こしまして、その女子社員を殴ってしまって、問題になりました。結果的には、沢田君が、謝って、ことが、収まったんですが、あの時は、ちょっと、ビックリしました。何しろ、まさか、沢田君が、女を殴るとは思いませんでしたから」

と、仁科が、いった。

「どういうわけで、沢田さんは、その女子社員を、殴ったんですか？」

と、亀井が、さらに、きいた。

「あれは確か、その女子社員の態度が、生意気だと、沢田君が注意した。ところが、相手がきかないので、沢田君が、カッとして、殴ってしまったんです」

と、仁科が、いった。

「つまり、沢田さんという人は、カッとすると、相手が女性でも、殴ってしまうようなところが、あるんですか？」

と、十津川が、きいた。

仁科が迷っている様子なので、また、佐々木が、助け舟を出すように、

「そういうところがあるんです。前にも、上司とケンカを、したことがありましてね。自分では、正義漢のつもりなんでしょうが、手が早いというか、カッとすると、相手を殴ってしまうようなところがある、そんな社員です」

と、いった。

「その通りですか？」

と、十津川が、念を押した。

「ええ、そういえば、そうです」

と、仁科が、うなずく。

佐々木が、また、口をはさんで、

「確か、高校時代にも、傷害事件を起こしているんですよ。それが、入社してから、わかったんですが、うちの社長は、入社する前に、わかっていたら、採用は、しなかったと、いっています」

と、いった。

「その件は、どうなんですか？」

と、十津川は、木下警部に、きいてみた。

「その件についても、もう一度、調べてみました。確かに、沢田は、高校二年の時に、傷害事件を起こしています。未成年ですから、逮捕こそ、されませんでしたが、間違いありません」

「どんな傷害事件ですか？」

と、十津川が、きいた。

「当時、沢田は、高校で、ボクシング部に所属していましてね。通学の電車の中で、乗客の一人と、ケンカ口論をしたんですよ。相手は、二十代の男二人で、駅のホームに、降りたところで、ケンカになったんですが、ボクシング部員だった沢田が、相手二人を、いわば、ノックアウトしてしまって、それで、傷害容疑で捕まっているんです。まあ、ケンカですから、どっちがいいとも、悪いともいえませんし、今も、いったように、未成年でしたから、刑事事件にはなりませんでしたが、間違いなく、事件は、起こしています」

と、木下は、いった。

十津川は、沢田の部屋に、吊り下げられていた、古びた、ボクシングのグローブを、思い出した。

ああやって、グローブを吊るしていたのは、何のためなのだろうか？　思い出のためなのだろうか？　それとも、自分の強さを、確認するためなのだろうか？

8

十津川は、片岡興業の片岡社長に会いたかったのだが、留守だということで、あきらめざるを、得なかった。

片岡興業を出ると、すでに、夕暮れになっていて、木下警部に案内されて、市内の郷土料理の店で、夕食を取った。

そこは、郷土料理では、有名な店らしく、海の幸の刺身や、青森の料理を代表する、ざっぱ汁などがついた、コースの料理だった。

青森生まれの亀井刑事は、嬉しそうに、食べている。

その料理を、食べ終わってから、二人は、木下警部の案内で、青森市内の繁華街にある、問題のクラブ「ミラージュ」に足を運んだ。青森駅の近くにある、雑居ビルの七階にある、クラブである。

東北のクラブという感じはなく、銀座のクラブと、よく似ていた。

十津川と亀井は、クラブのママと、マネージャーに会った。殺された平沼恵子が、ここで、働いていたことは、もうわかっている。

十津川が、知りたかったのは、現在、行方不明になっている、沢田圭介との関係だった。果たして、この二人が、知り合いだったのか、十津川は、それが、知りたかったのだ。

十津川は、ママとマネージャーに、沢田圭介の、写真を見せて、彼がこの店に来たことがないか、きいてみた。

ママとマネージャーは、じっと、沢田の写真を見ていたが、

「確か、この人、片岡興業の人じゃありません？」

と、ママが、きいた。

「その通りですが、それが何か？」

と、十津川が、きく。

「それなら、思い出しましたよ。あそこの社長さんには、よく、接待や何やらで、う

ちの店を、使っていただいているんですけど、確か、この社員さん、社長さんと一緒に、ここに来たことがあるんですよ。あの時は、社長さんの車を、運転してきたとかいって、いくらお酒を勧めても、飲まなかったのを、覚えていますよ」

と、ママが、いった。

「彼が、ここに来たのは、その時だけですか？」

と、十津川が、きいた。

ママは、

「わからないわ」

と、いったが、マネージャーのほうは、

「あの後、もう一度、一人で、ここに、見えています」

と、いった。

「本当に、一人で来たんですか？　このクラブは、高いでしょうに」

と、十津川が、きくと、マネージャーは、苦笑して、

「確かに、ここは、高級なクラブですが、それでも、一人で見えたのは、確かです」

と、いった。

「それは、いつ頃のことですか？」

「確か、今年の二月上旬でした。片岡社長さんと一緒に来た時が、確か、二月の五日

か六日頃で、その直後に、今度は、一人で見えたんですよ。よほど、この店が気に入ったんじゃありませんか？」

と、いってから、マネージャーは、ニヤッと笑って、

「あるいは、ここの女の子が、気に入ったのかも知れません」

「沢田さんが、気に入ったというホステスですが、それは、平沼恵子さんじゃないですか？」

と、十津川は、きいた。

「それは、私には、わかりません。そうだ。彼女のことを、よく知っている同僚の女の子を、今、呼びますから、彼女に、きいてみてください」

と、マネージャーが、いった。

マネージャーが、呼んでくれたのは、二十代のホステスで、この店での名前は、サチコだった。

サチコは、十津川の質問に対して、

「ええ、この写真の人、間違いなく、恵子に惚れていましたよ。それで、苦労して、お店に、遊びに来ていたんですよ。大変だったと思いますよ。この店、高いから」

と、笑った。

「この沢田さんですが、社長と一緒に、この店に遊びに来て、その直後に、今度は、

一人で来て、その時に、平沼恵子さんを、指名したんですか？」

と、確認するように、十津川が、きいた。

「ええ、そうなんです。確か、社長さんと一緒に見えて、その二日後に、今度は、一人で来たんですから、よっぽど、彼女が気に入ったんじゃありません？」

と、いった。

「彼女のほうは、沢田さんのことを、どう思っていたんでしょうか？」

と、亀井が、きいた。

サチコは、亀井に、目を向けて、

「さあ、わからない。だって、彼とは、二度しか会っていないんだから」

と、いった。

「しかし、それは、この店の中では、二度しか会っていないということでしょう？外では、何度か、会っているかも、知れませんね」

と、十津川が、いった。

「それは、確かにそうですけど、でも、恵子は、この男の人のことについて、何もしゃべってなかったわ」

と、サチコが、いった。

「平沼恵子さんですが、ここでの評判は、どんなものだったんですか？」

と、十津川が、きくと、ママが、

「今時の若い娘さんにしては、珍しく、万事に控えめで、それがかえって、お客さんには、評判が、よかったですよ。何しろ、うちのお客さんは、町の有力者や、文化人が多かったから、ワーワー騒ぐホステスよりも、大人しくて、万事控えめな、女の子のほうが、モテるんですよ」

これで、現在行方不明になっている、沢田圭介という二十六歳の男と、殺された、平沼恵子が、知り合いだったことだけは、はっきりした。ママや同僚のホステスの話では、沢田のほうが、彼女に、惚れていたらしい。

その結果として、沢田が、彼女を殺してしまい、死体の始末に困って、あの大太鼓の中に、死体を隠して、東京に、発送してしまったのだろうか？

もし、そうだとすれば、失踪している、沢田圭介を見つけて、逮捕すれば、この事件は、解決することになる。

亀井が、小声で、十津川に、

「どうやら、今年のねぶた祭りまでには、楽々解決しそうですね」

と、いった。

第二章　逮捕

1

青森県警は、沢田圭介二十六歳を、死体遺棄容疑で、指名手配した。殺人容疑でないのは、まだ、沢田圭介が、平沼恵子を、殺したかどうかの、証拠が、なかったからである。

警視庁の十津川警部のところに、沢田圭介が、逮捕されたという知らせがあったのは、手配されてから、二日後のことだった。

警視庁とも関係する事件なので、十津川は、すぐに、亀井刑事を連れて、青森に飛んだ。

青森警察署の中に設けられた捜査本部で、十津川たちは、県警の木下警部に会って、話をきいた。

「われわれは、彼が、すでに、県外に逃亡しているのではないかと思って、そうなると、逮捕までに、時間がかかるなと、覚悟をしていたのですが、意外にも、沢田は、下北半島の、恐山の近くに、いました。何をしていたのかは、不明ですが、恐山の宇曾利山湖の近くを歩いているところを逮捕しました」

と、木下警部が、いった。

「恐山というと、あのイタコのいる恐山のことですか？」

と、十津川が、きいた。

「そうですよ。あの恐山の宇曾利山湖の岸をうろついているところを、逮捕したのです」

「彼は、なぜ、恐山にいたのか、その理由を、話したのですか？」

と、亀井が、きいた。

「いや、逮捕されてからの、沢田圭介は、ずっと、黙秘を続けていますから、まだ何も、話していません。たぶん、自分の犯した罪の大きさに、恐れおののいて、あの恐山に、行ったのでしょう。われわれの見解は、そういうことです」

と、木下警部は、いった。

「ずっと、黙秘を続けているというと、死体を、大太鼓の中に、隠したことについても、何もしゃべらないのですか？」

と、十津川が、きいた。

「その通りです。何もしゃべっていません。しかし、われわれは、沢田が、間違いなく、平沼恵子を、殺した犯人であり、また、その死体を、大太鼓の中に隠して、東京の会社に、送りつけたことにも、確信を、持っています。なにしろその伝票を書いたのは、沢田自身であり、また、あの大太鼓の中に、死体を隠すことのできたのは、彼だけだと、確信しているからです。それと、もう一つ、沢田のマンションの部屋を、調べたところ、かすかにでは、ありますが、床に、血痕が、見つかりました。その血痕を調べたところ、間違いなく、被害者である平沼恵子の、血液型と、一致しました。したがって、沢田が、彼の部屋に、被害者平沼恵子を連れ込んで殺し、そして、死体の置き場に困って、自分が、大太鼓の修理を、東京の会社に頼むことを、利用して、死体大太鼓の中に死体を隠して、東京に、送りつけたのです。これは、まず、間違いないと、われわれは、思っています」

と、木下警部は、いった。

十津川としては、すぐにでも、沢田圭介に会って、話をききたかったが、それは、しばらく、遠慮することにした。県警のほうで、沢田を、尋問中だったからである。沢田が、黙秘を止めて、すべてを話すまでは、遠慮しておこうと、十津川は、思ったのである。

翌日になると、木下警部がやっと、笑みを浮かべて、十津川に、いった。

「とうとう、沢田が、平沼恵子の死体を、大太鼓の中に入れて、東京に、発送したことは、認めましたよ」

と、いった。

「それで、殺人のほうは、どうなんですか？　認めたんですか？」

と、十津川が、きいた。

「それが、殺しのほうは、どうしても、認めようとは、しないんです。おそらく、沢田とすれば、死体遺棄だけならば、せいぜい二、三年の刑で、済むと高をくくっているんでしょう。まあ、こんなことは、よくあることで、たいていは、死体遺棄を認めても、殺人は、認めないものですが、そのうちに、必ず、殺人のほうも、認めるようになるもんですよ」

と、木下警部は、楽観的ないい方をした。

確かに、同じような事件を、十津川も経験したことがある。

東京で、二十五歳の若い男が、同棲していた、同じ歳の女を殺して、その死体を、近くの荒川に、捨てたという事件があった。

男は、自分の軽自動車で、女の死体を荒川に捨てたところを、目撃されたので、死体の遺棄は認めたが、しばらくの間は、殺人そのものは、認めなかった。

結局、最後には、殺人を認めて、刑務所送りになったのだが、どうやら、木下警部は、それと同じような事件だと、考えているらしい。

沢田が、被害者平沼恵子の死体を、大太鼓に閉じ込めたことを、認めた時点で、十津川は、亀井と二人、取調室で、沢田圭介に、会うことができた。

身長一七三センチで、高校時代にボクシングをやっていた二十六歳の青年。そして、女の死体を、大太鼓に閉じ込めて、発送した青年という前提があったので、十津川は、ある一つのイメージを持って、沢田に会ったのだが、そのイメージとは、少しばかり、違う印象の青年だった。

体重七〇キロと、いわれていたのだが、おそらく、逃亡中に、痩せたのだろう。ひどく、痩せた男に見えた。

そのくせ、目だけは、いやに光っていて、鋭く見えた。

「私たちは、警視庁捜査一課の刑事だ。君が、大太鼓の中に入れて送った死体が、東京で発見されたので、その捜査に当たっている。君は、逮捕されてから、黙秘を続けていたらしいが、今日、平沼恵子の死体を、大太鼓の中に押し込めて、東京に発送したことは、認めたんだね？　間違いなく、君がやったことなのかね？」

と、十津川が、きいた。

「ああ、おれがやった」

と、沢田は、短く、いった。

「どうして、そんなことをやったのかね？」

と、亀井が、少しばかり、きつい目で、沢田を睨んだ。

「どうしてって、そうしたいから、しただけだよ」

と、沢田は、ふて腐れたように、いった。

「君は、平沼恵子が、好きだったんじゃないのか？」

と、十津川が、きいた。

「そんなことは、もうどうだって、いいじゃないか。彼女は、もう死んでいるんだ。生きていないんだ」

「しかしだね、もし、君が、平沼恵子のことが、好きだったなら、なぜ、そんな、死体を冒瀆するようなことをしたのかね？　好きならば、そっと死体を、彼女の姉さんのところに、届けたほうが、よかったんじゃないのかね？　それが、彼女のことを、好きな男の、やることじゃないのかね？」

と、亀井が、きいた。

「だから、いっているじゃないか。彼女は、もう死んでいるんだ。今からどうしたって仕方がない。もし、生き返るものならば、おれだって、あんなマネはしなかったさ。だが、死体なんだよ。生きていないんだ」

と、沢田は、意味のわからないことを、いった。

「青森県警は、君が、平沼恵子を殺して、その死体の処置に困った挙句に、たまたま、大太鼓の修理を、頼む仕事をしていたので、その大太鼓の中に、死体を隠して、東京に発送したと、そう考えている。その通りなのかね？」

と、十津川が、きいた。

「さあ、どうかな。もうどうでも、いいじゃないか。もう彼女は、死んでいるんだ」

と、また、沢田は、いった。

「しかしだね、もし、君が、彼女を殺していないのなら、そのことを、いうべきだろう。今のままでいけば、君は、殺人と、死体遺棄の、両方で起訴されてしまうぞ」

と、十津川が、いった。

「そんなことは、もうどうでもいいじゃないかと、いっているじゃないか。警察の好きなように、すればいいんだ」

と、沢田は、また、ふて腐れたように、いった。

「君はどうして、死体を、大太鼓の中に入れて、東京に、発送したんだ？　そんなことをすれば、すぐにバレるじゃないか？　バレれば、君が疑われる。自分が、疑われることが、わからなかったのかね？」

と、十津川が、きいた。

「そんなことは、わかっていたさ。でも、おれは、東京に送りたかったんだよ」

と、沢田は、また、訳のわからないことを、いった。

「しかし、君の勤めている片岡興業では、いつも、大太鼓の修理は、東京の、ほかの会社に、やってもらっているんだろう？　それなのに、どうして、東京江東区の初めての会社に、発送したんだ？」

と、十津川は、きいた。

沢田は、急に、ニヤッと笑って、

「面白いと、思ったんだよ。パソコンを使って検索してみたら、東京の江東区に、日本民芸工業という会社が、あることがわかった。そこでは、太鼓の修理もしている。それがわかったから、そこに、送りつけてやったんだ。そうすれば、皆が、驚くだろう？　大騒ぎになる。それが面白くて、送ったんだよ」

と、いった。

「面白いから、あの工場に、送ったのか？　ただ、面白いだけで、送ったのか？」

と、亀井が、また、沢田を睨んだ。

「そうだよ。おれが思った通り、大騒ぎになったじゃないか」

と、沢田が、いう。

確かに、あの工場では、大太鼓の中から、若い女の死体が、出てきて、大騒ぎになった。

それを、この沢田圭介という青年は、面白がっているのだろうか？

十津川は、じっと、沢田の顔を見つめた。

「どうも、わからないね」

と、十津川は、声に出して、いった。

「何が、わからないんだ？」

と、沢田が、きく。

「警察は、君が、死体の処理に困って、大太鼓の中に、死体を押し込んで、東京に発送したと思っている。その間に、逃亡しようと思ってね。しかし、今、君のいうことをきいていると、死体を送りつけて、大騒ぎになるのが面白かったと、そういっている。確かに、大騒ぎになった。ただ、面白いというだけで、東京の、それも、違った会社に、送りつけたのかね？　そこが、わからないんだよ」

と、十津川が、いった。

「わからなければ、わからないで、いいだろう。おれは、もう、彼女の死体を、大太鼓の中に入れて、東京に送ったことを認めているんだ。それで、いいじゃないか」

と、沢田は、肩をすくめるようにして、いった。

「平沼恵子を、殺したのも、君なのか？」

と、十津川が、きいた。

「県警の刑事さんにもいったんだ。そのことについては、答えたくないんだ」

と、沢田は、いい、そのまま、黙ってしまった。

2

県警の木下警部が、尋問の終わった十津川たちに、向かって、

「どうでした？　ぜひ、感想を、おききしたいですね」

と、いった。

「どうも、よくわかりませんね。あの沢田という男の考え方が」

と、十津川が、いうと、

「そうでしょう。何を考えているのか、私にも、よくわかりませんでした」

と、木下が、いった。

「沢田に、死体をどうして、大太鼓に入れて、発送したのかときいたんですが、そうしたら、彼は、こういって笑っていました。たぶん、大騒ぎになるだろう、それを想像して、楽しかった、そういっています」

と、十津川が、いった。

「十津川さんにも、同じことを、いったんですか？　われわれも、その言葉をきいて、唖然（あぜん）としているんです。沢田は、おそらく、平沼恵子が好きで、その気持ちが、高じ

て、彼女を殺してしまった。われわれは、そう思っていましたから、少しは、彼女に対する愛情が、今でも、残っているんじゃないか、そう考えて、尋問したのですが、今、十津川さんがいわれたように、彼は、大騒ぎになるのが、面白くて、彼女の死体を、大太鼓の中に入れて東京に送ったと、いっているんです。それが本心ならば、あの男は、被害者を、愛していなかったことになる。ただ面白がって、殺したのかも、知れませんね」

と、木下が、いった。

「それで、これから、県警としては、どうされるおつもりですか？」

と、亀井が、きいた。

「われわれとしては、何とかして、あの男に平沼恵子殺しを、自供させたいと思っていますが、どうしても、自供しなければ、否認のまま、殺人と、死体遺棄で、送検するつもりでおります」

と、木下が、いった。

その後で、

「状況証拠は、十分ですから、裁判になっても、われわれは、勝つと、思っています」

と、木下は、いった。

その二日後、県警は、沢田圭介を、平沼恵子殺しと、死体遺棄の、二つの容疑で、送検することに決定した。

警視庁としては、東京で、殺されたわけではないので、結局、死体遺棄ということで、沢田圭介を、送検することになるだろう、十津川は、そう考えて、いったん、東京に戻ることにした。

犯人が逮捕され、送検されたことで、東京の江東警察署に、置かれた捜査本部は、解散した。

その翌日、十津川は、一人の女性の訪問を受けた。

三十五、六歳の女性である。会って、名刺を渡された。その名刺には、

〈弁護士　三宅綾(みやけあや)〉

の名前が刷られていた。

「私は今度、沢田圭介の弁護を引き受けた三宅綾といいます。彼の事件については、こちらにも関係があるときいて、挨拶に伺ったのです」

と、三宅綾は、少しばかり緊張した、固い表情で、いった。

「なるほど。彼の弁護を、引き受けられたのですか？　しかし、ずいぶん、お若いですね？」

と、十津川が、いった。

「ええ、この事件が、初めて担当する刑事事件です」

と、三宅綾は、少し微笑した。

たぶん、国選弁護士だろう。その上、初めての刑事事件の担当だということをきくと、何か、危なげな気がして、仕方がなかった。

「それで、具体的に、何のご用でしょうか？」

と、十津川が、きいた。

「今も申し上げたように、私が弁護をする沢田圭介の件は、青森と、こちらの東京にも関係があるので、それで一応、ご挨拶に伺ったのです」

「それはききましたが、しかし、それだけで、来たわけでは、ないでしょう？」

「ええ、一応、十津川さんの意見も、おききしたいと、思ったのです」

「私の意見ですか？」

「ええ、そうです。十津川さんは、青森で、沢田圭介の尋問を、なさったのでしょう？」

と、きく。

「確かに、向こうの警察で、彼が逮捕されて、二日目か、三日目に、彼の尋問を、しましたよ。今度の事件は、青森と東京の、合同捜査になっていましたから」

「それで、十津川さんは、あの沢田圭介という青年を、どう思われたんですか？」

と、綾が、きいた。

「それをきいて、どうなさるんですか？」

「弁護の参考にしたいんです」

と、綾が、いう。

十津川は、苦笑して、

「ずいぶん、おかしなことをいう弁護士さんですね」

「おかしいでしょうか？」

「いいですか、弁護士と、検事とは、敵対関係にある。そして、警察は、検事と、一心同体ですよ。その刑事に、話をきいたって、参考にはならんでしょう？　弁護士に有利なような話など、するわけがないんだから」

と、十津川が、いった。

「でも、本当のことは、しゃべっていただけるんでしょう？」

「本当のことですか？　確かに、本当のことはいいますが、しかし、東京でも、沢田圭介を死体遺棄の容疑で、起訴したんですよ。つまり、彼を有罪だと、確信しているんです。弁護士のあなたが、そんな話をきいたって、何の参考にも、ならないんじゃありませんか？」

と、十津川は、いった。

「それでも、いいんです。ですから、十津川さんが、沢田圭介を、尋問した時の印象を、話していただきたいんです」

と、綾が、いった。

(おかしな弁護士だな)

と、思いながらも、十津川は、

「そうですね。ちょっと、変わった男だと思いましたね。自分から進んで、自分に、不利になることを、刑事に向かってしゃべるんですから」

「それって、どんなことでしょうか?」

「彼は、平沼恵子の死体を、大太鼓の中に入れて、東京に発送したことを、認めたんですよ。だから、何でそんなことをしたのかと、ききました。そうしたら、きっと、東京では、大騒ぎになるから、それが、面白くてやったと答えたんです。こんな証言は、裁判の時には、当然、不利に働きますよ。それくらいのことはわかるはずなのに、どうして、そんなことをいうのか、そこが、私には、何とも、不思議でしたね」

と、十津川は、いった。

「でも、沢田圭介は、平沼恵子さんを、殺したことは、認めなかったでしょう?」

と、綾が、いった。

「ええ、それは、認めませんでしたね。しかし、強く否定も、しなかった。それとも、う一つ、彼が平沼恵子を、殺したとしても、それは、青森でやったことで、こちらとは関係がないんです。ですから、彼が、死体を大太鼓に入れて、東京に発送したことを、認めた時点で、警視庁の捜査は、終わったんです」

と、十津川は、いった。

「十津川さんは、沢田圭介自身について、お調べになったんですか？」

と、綾が、きく。

「一応、調べました。青森県警の、木下警部からも、いろいろと、話をききましたよ。経歴も、きいています。青森の高校を卒業したあと、青森の大学に入ったが、二年で中退し、その後、片岡興業に就職。身長一七三センチ、体重七〇キロ。高校時代は、ボクシングをやっていて、県大会に出たことがある。彼のマンションの部屋には、その記念のように、使い古したグローブが、天井からぶら下がっていた。酒を飲むと、人が変わることがある。それから、会社には、あまり友人がいなくて、ほとんど一人で、過ごしている。また、平沼恵子が、働いていた、青森市内のクラブ『ミラージュ』には、社長に、連れられて行ったことがある。その直後、彼は、一人で行き、その時、平沼恵子を、指名している。つまり、沢田圭介は、被害者の平沼恵子に、惚れていたということですよ。しかし、彼女が働いていたクラブ『ミラージュ』は、高級なクラブですから、そうたびたびは、行くことができない。そうした鬱積した気持ちが、彼女を、自分の部屋に連れ込んで、殺してしまうことになったのではないか。そういうことが、まず、考えられますね」

と、十津川が、いった。

「でも、沢田圭介は、平沼恵子さんを、殺したことは、認めていないんです」

と、綾が、いった。

「弁護士のあなたには、そういうでしょうね。しかし、青森県警は、殺人と死体遺棄の、両方で彼を送検して、これから、裁判が始まるんです」

と、十津川は、いった。

「十津川さんは、沢田圭介が、平沼恵子さんを、殺したと、思ってらっしゃるんですか？」

「今もいったように、殺人については、警視庁の捜査とは、関係がないのです。うちは、死体遺棄についてだけ、起訴したんですから」

「でも、十津川さんは、関心は、おありになるんでしょう？　死体遺棄で送検した人間が、本当に、被害者を、殺したのかどうか、関心が、おありになるはずですわ」

と、綾が、いった。

「もちろん、関心はありますが、しかし、裁判になれば、それは、はっきりすると、思いますがね」

と、十津川が、いった。

「これから、沢田圭介が、死体入りの大太鼓を送った、江東区の工場に行って、責任者に、話をきこうと思うのですけど、その工場の場所を教えてください」

と、綾が、いった。

3

三宅綾、三十六歳。独身である。現在、青森市内の、法律事務所で、働いている。

今までに何度か、刑事事件の弁護に当たっているが、それは、あくまでも、先輩弁護士のサブとしての、働きだった。

今回の沢田圭介の弁護は、初めて、彼女が主体となって動く事件だった。

このことが決まった時、先輩の弁護士が、こういったのを、綾は、よく覚えている。

「貧乏くじを引いたな」

と、先輩の弁護士が、いったのだ。

どう考えても、勝ち目のない事件と、その先輩は思っているのだ。

それは、彼女にも、よくわかった。

被告人の沢田圭介は、被害者平沼恵子の死体を、大太鼓の中に閉じ込めて、それを、東京に発送したことは、認めているのだ。

彼女を殺したことだけは、否定していたが、どうも、その否定の根拠が、いかにも、薄かった。

それに、被告人の、沢田圭介自身、弁護士に協力的とは、いえなかった。

そんなことを考えているうちに、東京下町の、問題の工場の前まで来ていた。

入口を入ると、皮の匂いがした。それは、修理するために並んでいる太鼓や、あるいは、三味線の皮の匂いだろう。

綾は、そこで、工場長に会った。

彼女が、弁護士の肩書きのついた、名刺を渡すと、五十代の工場長は、

「お若い弁護士さんですねえ」

と、いった。

それは、いつも、彼女が名刺を差し出すと、ほとんどの、相手がする反応で、それは必ずしも、誉め言葉とは、受け取れなかった。

おそらく、全員が、

(こんな若い弁護士で、大丈夫なのかな)

と、思ったに、違いないのである。

「私は今度、青森で、沢田圭介という被告人の弁護を引き受けることになりました。沢田圭介のことは、ご存じだと思いますが」

と、いった。

「ああ、死体を、大太鼓の中に入れて、うちに送りつけてきた男の名前でしょう。捕まったことは、きいていますよ。あの犯人の弁護を、引き受けられたのですか？　それは、大変ですね」

と、工場長は、同情とも、皮肉ともつかぬ口調で、いった。

「ええ、大変です」

と、逆らわずに、綾がいい、それから、

「こちらでは、大太鼓の中から、若い女性の死体が、出てきたのですから、さぞ、ビックリされたことだと、思うのですが？」

と、きいた。

「そりゃあ、ビックリしましたよ。大騒ぎになりました。あわてて、警察に電話をしたりしましたからね。いったい誰がこんな、ひどいことをしたのかと、腹も立ちました」

と、工場長は、いった。

「その時の、死体の状態を、おききしたいのですが、死体は、乱暴に、大太鼓の中に、押し込まれていたんでしょうか？」

と、綾が、きいた。

「死体の周りには、藁くずが、大量に入っていましたよ。それで、死体が動かないように、なっていたんです。ああ、それから、刑事さんが『これは間違いなく、首を絞められたんだ』と、いっていましたね。ただ、首を絞められると、たいていの場合は、顔が歪んだり、鼻血が、出たりするらしいのですが、なぜか、そんな形跡は、まったくなかったですね。顔は、きれいだったし、鼻血は拭き取られていたし、ああ、きれいに、化粧もされていましたよ」

と、工場長は、いった。

「死体は、本当に、きれいに、化粧してあったんですか？」

と、綾が、きいた。

「そうですよ。本当に、きれいだった。だから、一層、怖くもあったんですけどね。きれいな死に顔だったから」

と、工場長は、いった。

「そのきれいな死に顔を見た時、どう思いましたか？」

と、綾が、きいた。

「今もいったように、最初は、ひどくビックリして、怖かったですけどね。しばらくして、ああ、この女性を殺したのは、たぶん男で、この女性が、好きで、殺したんじゃないか、そう思いましたよ」

と、工場長は、いった。

「それは、死体が、きれいに、化粧されていたからですか？」

「そうですね。ただ、憎くて殺したのなら、わざわざ、死体に、化粧なんてしないでしょう？」

と、工場長は、いった。

その後で、

「あなたは、弁護士なんだから、犯人から、いろいろと、きいたんじゃないですか？　犯人は、どういっているんですか？　自分の好きな女を殺したと、いっているんですか？」

と、工場長が、きいた。

「いいえ、死体を大太鼓の中に入れて、東京に発送したことは、認めていますけど、殺したことは、認めていないんです」

と、綾が、いった。

「死体に、化粧をしたことは、どうなんですか？　認めているんですか？」

「それについては、私もきいていませんし、被告人も、何も話していません。帰ったら、きいてみましょう」

と、綾が、いった。

「しかし、弁護士のあなたには、お気の毒だが、これは、勝ち目がありませんよ」

と、工場長は、哀れむように、綾を見て、いった。

「どうして、そう思うんですか？　あなたは、被告人の、沢田圭介という男は、知らないでしょう？」

と、綾は、いった。

「確かに、犯人に会ったことは、ありませんけどね。しかし、死体を、大太鼓に入れたことは、認めているんでしょう？　それに、死体に化粧をしたのだって、その男に、違いないんだ。自分の殺してしまった女が好きで、だから、死に化粧をしたんですよ。あれは、自分が殺したと、自白しているようなものです。だから、お気の毒ですが、あなたに、勝ち目はないと、いったんですよ」

と、工場長は、いった。

「ほかに、死体が発見された時のことで、覚えていることは、ありませんか？」

と、綾が、きいた。

「そうですね。死体は、花柄のツーピースの服を、着ていましたよ。それなのに、靴を履いていなかった。だから、たぶん、犯人は、部屋で殺して、死体を、大太鼓の中に入れた、そう思いましたね。それから、指輪はしていなかったけど、ブルガリの、高い時計をしていましたね。それは、よく覚えているんです」

と、工場長は、いった。

「指輪は、していなかったんですね？」

と、確認するように、綾が、きいた。

「ええ、指輪のほかに、ネックレスもしていなかったし、ブレスレットもしていなかった。だから、余計に、ブルガリの腕時計が、目に留まったのかも知れませんね」

と、工場長は、いった。

「それから、靴は、履いていなかったとおっしゃいましたけど、靴下は、どうでした？」

と、綾が、きいた。

「靴下ね、どうだったかな？　ああ、確か、靴下ははいていた、そう思います」

と、工場長は、いった。

綾は、工場長のほかに、この、日本民芸工業という会社の、青木という社長にも会って、話をきいた。

青木の話も、工場長の話と、ほとんど同じだった。

青木は、帰りしなに、

「あなたは、誰かに似ているんですけど、誰だったかな？」

と、綾に向かって、いった。

綾が苦笑する。いつも同じことを、いわれていたからだ。

「たぶん、宝塚の男役の、誰かに、似ているんでしょう?」

と、綾が、笑っていうと、青木は、うなずいて、

「そうなんだ。そうだ、そうだ。宝塚の有名な、男役に似ているんだ」

と、いった。

綾は、いつも同じことをいわれる。身長が一七三センチと、女性にしては高い上に、ちょっと、きつい感じの顔をしているから、誰もが、同じことをいう。

「宝塚の男役みたいですね」

と、いうのだ。

その言葉にも、綾は、もう慣れてしまっている。

4

青森に帰ると、綾は、すぐに、沢田圭介に、会った。

「東京に行ってきましたよ」

と、綾が、いうと、沢田は、相変わらず感情のない顔で、

「東京に、何しに行ったんだ? 東京に行ったたってしようがないだろう?」

と、いった。

「あなたは、私に向かって、平沼恵子さんの死体を、大太鼓の中に入れて、東京に送ったのは、そうすれば、大騒ぎになる。それが面白くて送った、そういいましたね？」

「そう思っていたから、そういったんだ。正直に、いっただけだよ」

と、沢田が、いう。

「本当に、大騒ぎになるのが面白くて、平沼恵子さんの死体を、大太鼓に入れて、送ったんですか？」

と、綾が、念を押した。

「同じことを何回もいわさないでくれ。現に、大騒ぎに、なったじゃないか」

「本当に、それだけなんですか？」

「それだけだよ。ほかに、何がある？」

と、沢田が、きく。

「でも、あなたは、平沼恵子さんが、好きだったんでしょう？」

と、綾が、きく。

「さあ、どうだったかな。もし、好きだとしても、もう彼女は死んでしまって、この世には、いないんだ」

と、沢田は、いった。

「これは、大事なことだから、もう一度、念を押しますけど、あなたは、平沼恵子さんが好きだった、愛していた、そうなんでしょう？」

「おれに、何をいわせたいんだ？　どうしても、好きだったといわせたいのなら、いいよ、好きだといってやるよ」

と、沢田が、いう。

「それなのに、どうして、好きな人の遺体を大太鼓なんかに入れて、東京に、送ったんですか？　本当に、大騒ぎになるのが楽しくて送ったんですか？　それ、違うでしょう？　ウソなんでしょう？」

と、綾が、いった。

「何をいっているのか、わからないね。現に大騒ぎになった、それでいいじゃないか？」

「私は、東京に行って、その大太鼓が運ばれた、日本民芸工業という会社に、行ってみたんですよ。そして、工場長さんに、きいてみました。そうしたら、こういっていましたよ。『大太鼓の中に入っていた死体は、きれいに、化粧がされていて、美しかった』、そういっているんですよ。普通、絞殺された死体は、汚れているものでしょう？　それを、きれいに、化粧をして、大太鼓の中に入れているんです。死体に化粧を施したのは、あなたなんでしょう？」

と、綾が、きいた。

「もう、どうだって、いいじゃないか」

「でも、大事なことなんですよ。あなたは、平沼恵子さんが、好きだった。だから、死体に、きれいに、化粧を施した。そんなあなたが、どうして、大騒ぎになるのが、面白いからって、彼女の死体を、東京の会社に送ったりするんですか？　何か、ほかに目的があって、そうしたんじゃないんですか？」

と、綾が、きいた。

「ほかの目的って、何だ？」

と、沢田が、きく。

「それは、私には、わかりません。だから、あなたに、教えていただきたいの。本当のところを正直にいってもらえば、あなたの弁護に、役に立ちますからね」

と、綾が、いった。

「あんたは、刑事事件の被告人を、弁護するのは、おれが初めてなんだったね？　確か、そういっていたね？」

と、沢田が、きいた。

「ええ、そうですよ。刑事事件そのものは、何回もやりましたけど、それは全部、先輩のサブとして働いたの。本当に独り立ちして、刑事事件の、弁護をするのは、今回のあなたが初めて」

と、綾が、いった。

「それで、勝ち目は、あるのか？」

と、沢田が、きく。

「あなたが協力してくれれば、勝つ自信は、ありますよ。でも、協力してくれなければ、勝てる自信はないわ。だから、協力してもらいたいの」

と、綾が、いった。

「どうも、心細いなあ。とても、あんたには、今度の公判では、勝てる見込みがないと思うけどね」

と、沢田が、いった。

「おれの弁護は、あんた一人だけ？　ほかに、応援は、来ないの？」

「うちの事務所が応援してくれるけど、戦うのは、私一人。それに、あなた」

と、綾は、いった。

「それじゃあ、勝ち目は、ないね」

と、沢田は、小さく肩をすくめるようにして、いった。

「あなたは、助かりたくないんですか？　あなたは、殺人と死体遺棄の両方の容疑で、起訴されているんですよ。負ければ、あなたは、刑務所送りで、少なくとも、十年は、刑務所を、出られなくなる。それでも、いいんですか？　もし、助かりたいのならば、私に協力しなさい」

と、綾は、叱りつけるように、いった。

「あなたは、まだ肝心なことを、話してくれていないわ」

と、綾が、続けて、いった。

「肝心なことって、何だ？」

「あなたは、平沼恵子さんの死体を、大太鼓の中に入れたことは、認めている。だから、死体遺棄については、有罪だわ。この件では、勝ち目がないと思うの。問題は、あなたが、平沼恵子さんを、殺した犯人かどうかということ」

「おれは、殺してないよ」

と、沢田は、ぶっきらぼうに、いった。

「でも、死体を大太鼓の中に入れたことは、認めているんでしょう？　それで、あなたにきくんだけど、平沼恵子さんの死体は、どこで見つけたの？」

と、綾が、きいた。

「五月七日に、いや、五月八日だった。五月八日に、会社から帰ったら、おれのマンションの部屋に、彼女の死体が、寝かされていたんだ」

と、沢田が、いった。

「五月八日というのは、間違いないの？」

「間違いないよ、五月八日だ。帰ったのは、午後の七時頃だった。そうしたら、彼女の死体が、部屋にあったんだ」

と、沢田は、繰り返した。

「警察はね、平沼恵子さんが殺されたのは、五月七日の夜だと、考えているの。だから、その翌日の、五月八日の夜に、あなたが、自分の部屋で、死体を発見したことになるわけ」

と、綾は、いい、続けて、

「その時の死体の状況は、どうだったの？」

と、きいた。

「死体は、花柄のツーピースの服を着ていた。靴は、履いていなかった。それから、顔が汚れていた。鼻血も出ていた。鼻血はもう乾いていた。それで、可哀相になって、顔を拭いてやって、それから、化粧をしたんだ」

と、沢田が、いった。

その時の沢田の表情は、反抗的ではなく、ひどく暗く沈んで見えた。

「ブルガリの腕時計は、していたのね？」

と、綾が、きいた。

「どんな時計だったかは、覚えていないけど、腕時計はしていた」

と、沢田は、いった。

「それから、どうして、あなたは、死体を大太鼓の中に入れて、東京に発送したの？」

と、綾が、きいた。

沢田は、すぐには答えなかったが、綾が、さらに、返事を促すと、

「確か、おれは二日間、彼女の死体を、自分の部屋に、置いておいた。どうしていいのか、わからなかったんだ。それから、死体をこのままにしておいても、仕方がないと思った。その時ちょうど、ねぶた祭りに使う、大太鼓の一つを、東京の会社に、修理に出すようにいわれていた。そこで、死体を、その大太鼓の中に入れて、東京の会社に発送した。わざと、東京の会社を、いつもの会社と違う会社にしたのは、何回もいっているけど、大騒ぎになればいいと思ったんだ」

と、沢田は、いった。

「どうして、あなたは、二日間も、平沼恵子さんの死体を、自分の部屋に置いておいたの？　発送伝票を見ると、あなたが、東京に大太鼓の発送をしたのは、五月十日だから、八日から二日間、死体を、部屋に置いておいたことになるんだけど、そのことは、必ず、検事にきかれるわ。そのことを、どう答えるつもり？」

と、綾は、きいた。

「正直に答えるさ。どうしていいのかわからなくて、部屋に、寝かしておいたんだよ」

「でも、普通なら、自分が、犯人でなければ、すぐに、警察に届けるんじゃないの？　どうして、そうしなかったの？」

と、綾が、きいた。

「彼女は、市内の『ミラージュ』という高級クラブで働いていた」

「それは、知っているわ」

「おれは、その高いクラブに、彼女に会いたくて、一人で行った。そのことは、あそこのホステスは知っているし、ママだって知っている。だから、おれが、『彼女の死体が、いつの間にか、自分の部屋にあった』って、そんなことをいったって、警察は、信用しないに、決まっている。きっと、おれが、彼女にいい寄って、断られ、カッとして殺した、そう考えるに決まっている。だから、警察には、届けなかったんだ」

と、沢田は、いった。

「警察に届けなかった理由は、だいたいわかったけど、平沼恵子さんには、お姉さんがいた。そのことは、知っていたの？」

と、綾が、きいた。

「ああ、彼女と話した時、姉さんがいることは、きいたよ」

「じゃあ、どうして、そのお姉さんには、電話で、連絡をしなかったの？」

と、綾が、きく。

「おれは、彼女に、姉さんがいることは知っていたけど、名前も、知らないし、どこに住んでいるのかも、知らなかった。もちろん、電話番号だって知らないから、連絡のしようが、なかったんだ」

と、沢田が、いった。

「明日、そのお姉さんに、会ってくるつもりだけど、あなたから、そのお姉さんに、何か伝言はない？」

と、綾が、きいた。

「今のところ、何もない。何をいっても、仕方がないからな」

と、沢田は、また、投げやりな口調になった。

5

翌日、三宅綾は、被害者平沼恵子の姉、平沼美津子の住む、八戸に出かけた。

八戸は、東北新幹線の開業を受けて、活気があった。新幹線の駅も、大きくて、立派だったし、市の郊外では、盛んに、新しい道路の建設や大型の店舗が、建てられていた。

平沼美津子が住んでいるマンションは、その郊外にあった。

平沼美津子は、二十八歳で、まだ独身。近くの不動産会社で、経理の仕事をやっているといった。

綾が、弁護士の名刺を見せてから、沢田圭介の弁護を、引き受けることになったことを、伝えると、美津子は、急に、厳しい表情になって、

「それでしたら、あまり、あなたのお手伝いを、することは、できないと思いますけど」

と、いった。

「では、あなたは、妹さんが、沢田圭介に殺されたと、お考えなんですか？」

と、綾が、きいた。

「だって、そうなんでしょう？　警察で、話をききましたけど、妹の遺体を、祭りの大太鼓に隠して、東京に発送して、その間に逃げた。そうききましたけど、それは、本当なんでしょう？」

「それは、事実です。被告人自身も、それは、認めています」

と、綾は、いった。

「それならば、妹を殺したのも、その沢田圭介という人に、間違いないじゃありませんか？」

と、美津子は、いった。

「でも、本人は、平沼恵子さんを、殺したことは、否定しているんです」

と、綾が、いった。

「それは、否定するでしょうね。殺人を認めたら、たぶん、最低でも、十年ぐらいは、刑務所行きですもの。だから、必死になって否定すると思いますけど、でも、私は、妹を殺したのは、その沢田という男に間違いないと、思っています」

と、美津子は、キッパリと、いった。

「妹さんは、沢田圭介という男のことを、あなたに、話したことが、ありましたか?」

と、綾が、きいた。

「いいえ、私には、青森市内のクラブで働いていたことも、隠そうとしていたんですよ。ですから、どんな男とつき合っていたかも、私には、一言も、いいませんでした。だから、沢田圭介という名前も、知りませんでした。事件があって、初めて、その名前を、きいたんです」

と、美津子は、いった。

「妹さんには、誰か、結婚を、約束していたような恋人がいたと、思われますか?」

と、綾が、きいた。

「それも、私は知りません。妹は、そういう話は、しませんでしたから。でも、妹も、二十五歳でしたから、恋人がいても、おかしくないと思っていますけど」

と、美津子が、いった。

「妹さんは、どんな性格でしたか？」

と、綾が、きいた。

「どちらかといえば、大人しい性格で、あんなクラブで働くとは、思っても、みませんでした。きっと、何か事情があって、ああいう場所で、働くようになったのだと、思いますけど」

と、美津子が、いった。

その後、殺された平沼恵子の写真を、何枚か借りて、三宅綾は、青森に戻った。

第三章　公判開始へ

1

弁護士の三宅綾は、被告人の沢田圭介に会って、いった。

「いよいよ、あなたの、公判の期日が決まったわ」

「おれの弁護をやってくれるのは、あんた一人なのか？」

と、沢田が、きいた。

「助手が一人つくけど、私一人だと思って、お互いに、頑張りましょう」

と、綾は、いった。

「勝てそうなのか？」

と、沢田が、きいた。

「負けると思ってやる弁護士は、いないわ。私も、もちろん、勝つつもり。でも、それには、被告人のあなたの協力が、必要なの」

と、綾は、いった。

「協力って、何をやればいいんだ？」

「私の質問に、正直に、答えてくれればいい」

「今までだっておれは、正直に答えているよ」

と、沢田は、怒ったように、いった。

「じゃあ、もう一度、おさらいをするわ」

と、綾は、続けて、

「五月八日の、午後七時に、会社から帰ってきたら、自分の部屋に、平沼恵子の死体が、横たわっていた。これは、間違いないわね？」

「間違いないよ」

「その後、あなたは、二日間、死体を自分の部屋に置いておいた。二日後の五月十日になって、ちょうど、ねぶた祭りに使う大太鼓の修理を、東京の会社に、頼むことになっていたのを、利用して、その太鼓の中に、平沼恵子の死体を入れ、江東区亀戸×丁目の日本民芸工業株式会社に送った。これも、正しいわけね？」

「前にもいったじゃないか」

「これが、本当のことなら、私は、それを、公判でも主張する。ウソならば、主張は、できない。どうなの？」

「何回同じことをいわせるんだ。全部、本当だよ」

と、沢田は、いう。

「じゃあ、その通りに、主張するけど、それに対して検事が、必ずきくことがあるわ。今から、同じことを、私が、想像してきくから、それに、答えてちょうだい」

と、綾が、いった。

「検事が、どんなことを、おれにきくんだ？」

「検事は、必ずきくわ。あなたが、死体を発見した時、どうして、すぐ、警察に届けなかったのかって。どうして、届けなかったの？」

と、綾が、きいた。

「死体を見た瞬間、動転してしまって、どうしていいか、わからなくなったんだ」

と、沢田が、いった。

「あなたは、いくつ？」

「二十六歳だよ。そんなこと、経歴にちゃんと書いてあるだろう？」

「もう立派な大人じゃないの。それが、動転してしまって、警察に届けなかった。そんないい訳が、通用すると思うの？」

と、綾が、いった。

「弁護士のくせに、おれを非難するのか？」

「別に、非難はしないけど、公判になれば、検事は、必ず、その辺をついてくるわ。

だから、今から、どう答えるのか、きちんとしておかなければ、裁判には、勝てないわよ」

と、綾が、いった。

「今もいっただろう。とにかく、動転してしまったんだ。ほかに、いいようが、ないじゃないか」

「検事は、こういう質問もする筈(はず)。どうして、二日間も、死体と一緒に、生活していたんだ。おかしいじゃないか。その間、一度も警察に、出頭しようとは、思わなかったのか？　誰かに、相談しようとも、思わなかったのか？　この質問には、どう答えるつもり？」

と、綾が、きいた。

「最初は、今もいったように、動転してしまって、どうしたらいいのか、わからなかったんだ。それから、ずるずると二日間、死体を、そのままにしておいた。そのうちに、今から警察に知らせたって、自分が疑われるだけだ、と思うようになってしまったんだ」

と、沢田は、いった。

「でも、あなただって、家族がいるわけでしょう。その家族には、どうして、知らせようと思わなかったの？」

と、綾は、きいた。

「親は頼りにならないし、おれには、友だちらしい友だちもいない。相談する相手がいないんだ」

と、沢田が、いった。

「それで、死体を始末するのに、困って、ちょうど、ねぶた祭りに使う太鼓の修理を、東京の会社に、頼むことがあるのを思い出して、その太鼓の中に、死体を入れて、発送した。どうして、そんなことをしたの？」

と、綾が、きく。

「何とか、死体を、始末しなくては、いけないと思ったんだ。たまたま、太鼓を発送する仕事が、あったのを、思い出して、思わず、太鼓の中に入れて、発送して、しまったんだ」

と、沢田は、いった。

「でも、いつも、発送する相手の会社は、違う会社でしょう？　いつもは、東京都品川区上大崎の会社に、修理に出すことに、なっているんでしょう？　どうして、一度も、取り引きのなかった、東京都江東区の、日本民芸に、発送したの？　おかしいじゃないの」

と、綾が、きいた。

「いつも発送している、品川の会社では、大騒ぎにならないと、思ったんだ。だから、たまたま、太鼓の修理工場のある、一度も取り引きのなかった、江東区の日本民芸に発送したんだよ。そうすれば、向こうだって必ず、警察に届けるから、大騒ぎになると思ったのさ」

と、沢田は、いった。

「どうして、いつも、発送している品川区上大崎の会社では、大騒ぎにならないと、思ったの？」

「あの会社には、いつも、うちから、修理を頼んでいるんだ。そこと、うちの会社とは、十年近く取り引きが、あるんだ。だから、太鼓の中から、女性の死体が、出てきたら、あの会社の社長は、警察に届けるよりも先に、うちの会社に、電話をしてきて、社長に相談すると、思うんだ。そうすると、どうなると思う？　うちの社長が、社会問題になると困る、だから、内緒にしてくれ。うまく死体を処理してくれ、そう頼んでしまったら、事件そのものが、闇の中に葬られてしまうじゃないか。だから、おれは、今まで取り引きのなかった、東京江東区の、日本民芸に頼んだんだよ。そうすれば、向こうは、必ず警察に知らせるはずだ。だから、そうしたんだ。おれの思った通り、日本民芸は、警察に届けたじゃないか」

と、沢田は、ちょっと自慢げに、いった。

「つまり、平沼恵子の死体が公になって、大騒ぎになればいい。そう思って、取り引きのなかった、東京の、日本民芸に送ったのね？」

「そうだよ」

と、沢田は、うなずいた。

「でも、あなたの言葉は、矛盾しているわよ。あなたはこういったのよ。二日間、平沼恵子の死体と、一緒にいた。だから、今さら、警察に届けても、自分が、疑われてしまう。だから、修理の大太鼓の中に、死体を入れて、日本民芸に送った。そういったわね？」

「ああ」

「でも、この事件が、公にならなくては、困るともいっている。ずいぶん、矛盾しているじゃないの？」

と、綾が、いう。

「矛盾しているかも知れないが、これは、おれの本音だよ。ウソは、ついていない」

と、沢田は、まっすぐに、綾を見つめて、いった。

「もう一つ質問するわ。あなたは、平沼恵子の死体の顔を、きれいに拭いて、化粧をしてから、東京に送っているわね？　なんのために、そうしたの？」

「彼女が、可哀相だったからだ。おれの部屋で、死体を発見した時は、死体の顔が汚れていた。鼻から血が出ていて、それが変色して、顔についていたんだ。そんな顔じゃ、可哀相じゃないか？　だから、タオルで、きれいに、拭いてやって、それから、買ってきた化粧品で、化粧をしたんだ」

と、沢田は、いった。

「ということは、あなたは、平沼恵子が好きだったわけね？」

「そういう質問には、答えたくないよ」

「あなたが、いいたくないといっても、検事は、必ず、きいてくるわ。あなたが、答えないか、あるいは、今みたいな返事をすれば、必ず、裁判官の、心証を悪くして、あなたは、不利になっていく。だから、正直に答えてちょうだい。もう一度きくわよ。あなたは、平沼恵子が好きだったの？」

「ああ、好きだったよ。好きで、悪いか？」

と、沢田は、少年のように、口を尖らせた。

綾は、小さく、ため息をついて、

「正直でいいけど、これで、あなたには、動機ができてしまう。つまり、あなたには、平沼恵子を殺す動機があるということに、なってくるわ」

「おれは、殺していないんだ！」

と、沢田は、叫んだ。

「これも、正直に、答えて欲しいんだけど、あなたは、何度、平沼恵子に会っているの？」

と、綾が、きいた。

「二回だよ。一度、社長に連れられて、彼女の働いているミラージュという、クラブに行った。その時が最初だ。その二日後に、一人で行った。それで二回だ」

「本当に、二回しか、会っていないのね？　そのほか、店の外で、会ったことはないの？」

と、綾が、きくと、沢田は、急に、黙ってしまった。

2

「いいこと。あと一週間経ったら、あなたの公判が始まるの。今、私が質問したことは、検事が、必ず質問してくることなのよ。だから、それに正直に答えてもらわないと、あなたの弁護はできない。もう一度きくけど、あなたは、平沼恵子に、何回会っているの？　二回ということは、ないんじゃないの？　もし、三回か四回会っていて、それがばれたら、あなたは、確実に、有罪判決を受けてしまうわよ」

と、綾は、脅かした。

「わかった。正直にいうよ。三回会っている」

と、沢田は、いった。

「三回目は、どこで、会ったの？」

「二回は、彼女が働いているクラブで会った。でも、あのクラブは、高いから、そんなに、何回も、行けない。だから、三回目の時は、次の日曜日に、おれは、彼女のマンションに、行ったんだ」

と、沢田は、いった。

「それは、いつ？　正確な日にちを、知りたい」

「確か、四月の十日だったと思う」

と、沢田は、いった。

「四月の十日の、何時頃に行ったの？」

「昼頃だった。二回目にクラブに行った時に、聞いたんだ。いつも、昼頃に起きるって。だから、昼頃に行って、彼女の部屋をノックしてみた」

と、沢田は、いった。

「そんなことをして、会ってくれると、思ったの？」

「わからない。とにかく、会いたかった」

と、沢田は、いった。

「それで、どうなったの？」

　と、綾は、きく。

「最初、インターホンを、鳴らしたけど、なんの、返事もなかった。仕方なく、帰ろうと思ったんだ。でも、やっぱりどうしても、彼女に会いたくて、二、三十分してから、もう一度、彼女の部屋の前に、行って、インターホンを鳴らした。そうしたら、ドアが開いて、彼女が、顔を出したんだ。今起きたばかりだといっていた」

「それで？」

「彼女は、おれのことを覚えていてくれた。時間はないけど、コーヒーだけでも飲んでいきなさい、そういって部屋に通してくれた。それで、コーヒーをご馳走になって、帰ってきたんだ」

　と、沢田は、いった。

「どのくらい、彼女の部屋にいたの？」

「一時間ぐらいだったと思う。コーヒーを飲んだ後、ちょっと話をして、それから、彼女がこれから、支度をしなくちゃいけないというので、帰ってきたんだ。それだけだよ。何もなかったよ」

　と、沢田は、いった。

「その時、あなたは、手袋をしていた？」

「そんなもの、しているはずがないじゃないか」

「じゃあ、あなたの指紋が、彼女の部屋にベタベタ残っているわね」

「ああ、残っているかも知れない。仕方がないだろう。行ったんだから、指紋が残っていて、当たり前だ」

と、沢田は、いった。

「あなたは、その時、コーヒーをご馳走になった。それから、ちょっと、話をしたといったけど、どんな話をしたの？」

と、綾が、きいた。

「そんなこと、いわなきゃいけないのか？」

「必ず、検事がきくわ」

と、綾が、いった。

「大したことは、話してないよ。とにかく、その前に、二回しか会っていないんだから。彼女の好きなこととか、どんな映画が好きとか、どんな音楽が好きとかさ。それだけで終わりだよ」

「彼女は、ちゃんと、答えてくれたの？」

「ああ、ちゃんと答えてくれた。嬉しかった」

「たとえば、好きな音楽は何だと、彼女はいっていたの？」

と、綾が、きいた。

「流行(はやり)の歌が、好きだというかと、思っていたら、クラシックが、好きだといってたんだ。チャイコフスキーの、『悲愴』が好きだといっていた。それを、よく覚えているんだ」

と、沢田は、いった。

「だから、あなたは、自分のビデオに、『悲愴』のオーケストラ演奏を、録画して、いつもきいていたわけ？」

と、綾が、きいた。

「ああ、そうだ。彼女が好きだときいたから、急にあの曲が好きになったんだ。でも、金がないから、テレビでたまたま、オーケストラが、『悲愴』を演奏していたから、あわてて、ビデオに、撮ったんだ」

と、沢田が、いった。

「あまり、あなたには、有利な状況じゃないわね」

と、綾は、小さく、ため息をついた。

「おれは、本当のことしかいっていないよ」

「その本当のことが、客観的に見て、あなたには、不利なのよ。あなたは、死んだ平沼恵子のことが好きだった。しかし、彼女が働いていたミラージュというクラブは高級なので、何回も行けない。それで、あなたは、彼女のマンションを訪ねていったら、親切にされて有頂天になった。それが、あなたと彼女の関係みたいなものね」

「ああ、わかっているよ」

「とすると、あなたの一方的な恋みたいなものだわ」

「ああ、それも、わかっている」

「あなたは、一方的に、平沼恵子に恋をしていて、それが、自分の、思うようにならないので、彼女を殺してしまった。死体の始末に困って、修理する大太鼓の中に入れて、東京に発送した。検事は、そう考えるわ。いえ、検事だけじゃなくて、裁判官も、そう考えるに違いないわ」

と、綾は、いった。

「おれは、彼女を殺してないよ」

「本当に、殺してないのね？」

と、綾は、念を押した。

「絶対に、殺してない」

「じゃあ、誰が、平沼恵子を殺したと、あなたは、思っているの？」

と、綾は、きいた。

「そんなこと、おれにわかるはずがないじゃないか。今もいったように、おれは、彼女に三回しか、会ってないんだ。それに、彼女が、どんな男と、つき合っていたかも、知らないんだ」

と、沢田は、いった。

綾は、沢田圭介と別れると、自分の所属している、寺田法律事務所に、帰った。

所長の寺田が、綾に、声をかけてきた。

「沢田圭介の様子は、どうだった？」

と、寺田が、きいた。

「自分は、絶対に殺していない、そういっています。しかし、このままでは、検事側に勝てません」

と、綾は、いった。

「ずいぶん、気が弱いじゃないか」

「事実を、いっているんです。沢田圭介は、被害者の平沼恵子が、好きだったということは、認めました。そのうえ、彼女の勤めていたクラブは高いので、なかなか、行くことができない。それで、勝手に、一人で、彼女の住んでいたマンションに、訪ねていったことも認めました。彼は、被害者が好きだったわけですよ。つまり、動機があるんです。そして、あんなバカなことを、しました。彼女の死体を、修理する大太鼓に入れて、東京に発送した。それに、二日間も、警察に知らせず、彼女の死体と、一緒にいたんです。誰が考えたって、沢田圭介が、犯人だと思いますわ」

と、綾が、いった。

「君自身は、どうなんだ？　君も、沢田圭介が、殺人犯だと思っているのか？」

と、寺田が、きいた。

「私は、弁護士ですから、沢田圭介の無罪を信じています。でも、今のままでは、勝てる自信が持てません」

「どうしたらいいと、君は、思っているんだ？」

と、寺田が、いった。

「私は、私立探偵を雇って、調査をしてみたいんです」

と、綾は、いった。

「何を調査したいんだ？」

「もし、沢田圭介が、無実なら、ほかに犯人がいるはずです。平沼恵子を殺す動機を、持っていた人間が、ほかに、いたことを、証明しなければならないんです。それで、私立探偵を雇って、調査してみたいんです」

と、綾は、いった。

「公判は、一週間後だったな？」

「そうです」

「一週間の間に、平沼恵子を殺す動機を持った人間を、探し出せるのか？」

「そうしないと、この裁判には、勝てません」

と、綾は、いった。

「私立探偵は、一人じゃ無理だな。少なくとも、二人はいる。それで、一週間の間に、平沼恵子の、男性関係を調べさせなくてはならない。金がかかるぞ」

「ええ、わかっています」

と、綾は、うなずいた。

寺田は、知り合いの私立探偵二人に、連絡を取り、事務所に、来てもらった。

その二人に向かって、綾が事情を説明した。

「何とかして、一週間以内に、平沼恵子と、つき合いのあった男性の名前を、確認したいの。それと、できれば、写真が欲しい」

と、綾は、いった。

「どんな写真です？」

と、探偵の一人が、きいた。

「もちろん、その男性と、平沼恵子が、つき合っているという証拠の写真」

と、綾は、いった。

「わかりました。一週間という期限を、切られると、辛いけど、何とかやってみますよ」

と、二人の探偵は、綾に、約束してくれた。

3

七月八日の朝、いつものように、江東区亀戸にある日本民芸の工場では、事務の長井智子が、朝九時にカギを持ってきて、工場のドアを開けた。それが、彼女の役目だった。

智子は、工場の中に入ってから、

「中居さん、もう起きてる？」

と、奥に向かって、声をかけた。

昨日の宿直が、中居伸介という、工員だったからである。

中居は、六十歳になる、叩き上げの工員で、実直な性格だったから、もう起きているはずだった。

（珍しく、まだ寝ているのかしら？）

と、智子は、思いながら、奥に向かって歩いていった。

工場の中に、明かりが、ついている。

機械が並び、それから、隅の方には、修理を、頼まれた、太鼓や三味線などが、並んでいた。

「中居さん」

と、もう一度、智子は呼んだが、その声が、途中で、消えてしまった。

工場の奥には、三畳ほどの、狭い、畳を敷いた部屋があって、宿直の工員は、そこで、寝ることに、なっていた。

その部屋の前で、中居伸介が、仰向けに倒れていたのだ。しかも、その服には、べったりと、血が付いていた。

智子は、辛うじて、悲鳴を上げるのを、押さえてから、そっと、倒れている中居伸介のそばに、近づいていった。

「中居さん」

と、おそるおそる、声をかけたが、返事がない。もう一度呼んでも同じだった。

智子は、すぐ、社長に電話をかけた。

「大変です。今、工場に来てカギを開けたんですが、中で、宿直の中居さんが、死んでいるんです」

「死んでいるって、本当なのか？」

と、社長の青木が、いった。

「本当です。どうしたら、いいでしょうか？」

「これから、私がそちらに行く。その前に、君から、警察に電話してくれ」

と、青木は、いった。

警察が来る前に、青木社長が来て、それから、ほかの工員たちも、集まってきた。

その後、五分ほどして、パトカーが着き、以前、ここに来たことのある、十津川警部たちが、工場に入ってきた。

十津川は、倒れている死体に、目をやった。

その死体に、見覚えがあった。確か、中居伸介という名前で、例の太鼓から、最初に死体を見つけた、この工場の工員だったはずである。

検死官が、

「胸を三ヵ所、刺されているね」

と、十津川に向かって、いった。

工場の中を、調べていた西本刑事が、

「裏の扉が開いています。たぶん、犯人は、そのガラスを割って扉の錠を外し、工場の中に、侵入したものと、思われます」

と、十津川に、いった。

その犯人が、昨夜宿直していた、この被害者とぶつかって、持っていたナイフで、刺殺したのだろうか？

　十津川は、青木社長に向かって、

「この工場に、お金とか、大事な書類のようなものは、置いてありますか？」

　と、きいた。

　青木は、首を横に振って、

「金も書類も、事務所のほうに、おいてありますよ。ここには、機械類と、修理する太鼓や三味線などしか、ありません」

　と、十津川に、答えた。

　それなら、どうして、犯人は、この工場に、忍び込んだのだろうか？

　金や大事な書類が、ここにあると思って、忍び込んだのだろうか？

「事務所は、どこにあるんですか？」

　と、十津川は、青木に、きいた。

「JR亀戸駅の近くです。その事務所の、二階が、私の自宅に、なっているんですよ。金も書類も、そこにあります。この工場には、何もありませんよ」

　と、青木は、繰り返した。

　十津川は、外に回ってみた。典型的な下町の町工場である。

　この町工場の中に、事務所が、あって、そこに、金庫があり、金や書類が、保管されていると思うだろうか？

「ほかに、金目のものは、ありますかね？」

と、中に戻ってから、十津川は、青木に、きいた。

「金目のものですか？」

青木が、首を傾げた。

「そこにある大太鼓なんかは、高いんじゃないですか？」

と、十津川は、きいた。

「確かに、何百万もするものも、ありますが、いずれも、これから、修理をしなくてはならない太鼓ですよ。もし、それを盗んでいっても、果たして、それが、売れるかどうか」

と、青木は、いったあと、

「それに、売るために、修理を頼もうとすれば、すぐ疑われてしまうんじゃありませんかね」

と、続けた。

鑑識が、侵入口と思われる裏の扉について、指紋の検出作業を続けている間、十津川は、ほかの工員たちに、殺された中居伸介のことをきくことにした。

同じ六十歳だという工員の一人が、いった。

「中居さんは、実直な人ですよ。大人しいけど、いつも、仕事には、一生懸命でした。いい仕事をしていますよ。ここに来て、三十年近くなるんじゃ、ありませんかね」

「もし、泥棒が、工場に入ってきたとすると、中居さんは、どうしたと、思いますか？」

と、亀井が、ほかの工員たちに、きいた。

「中居さんは、いつも、腕力には自信がないといっていたから、犯人にわからないように、かくれて、警察に、電話をするんじゃありませんかね」

と、工員の一人が、いった。

「犯人に、立ち向かっていくことは、ありませんか？」

と、十津川が、きいた。

三人目の工員が、

「ちょっと、考えられませんね。さっきも、誰かが、いっていましたが、実直だけど、中居さんは、腕力には、自信がないと、いつも、いっていたんですよ。強盗を見たら、おれは、逃げ出すよといっていましたから」

と、いった。

「昨夜、中居さんが、宿直していたわけですが、夜は、仕事をしていたんですか？」

と、十津川が、きいた。

「いや、していなかったはずですよ。昨日の仕事は、午後七時には、全部終わっていましてね。だから、中居さんは、奥の部屋に入って、好きなテレビでも、見ていたんじゃないかと思います」

と、もう一人の工員が、いった。

小さな中古のテレビが、確かに三畳の部屋にあったが、そのテレビは、消されていた。

十津川は、検死官に向かって、

「いつ頃殺されたのか、わかりますか？」

と、きいた。

検死官は、

「たぶん、今から六時間か、七時間前だと思うね」

と、答えた。

「今日の、午前二時から三時頃ということですか？」

「たぶん、そうだと思う。もちろん、司法解剖の結果が出ないと、はっきりしたことは、わからないが、私の勘では、君がいうように、午前二時から三時の間だと思うね。体の硬直の具合や、血の乾き具合から見て、それぐらいの時間だと思うよ」

と、検死官は、いった。

十津川は、その結果を、工員たちに告げて、

「その時間帯だとすると、中居さんは、どうしていたと、思いますか？」

と、改めて、きいてみた。

「たぶん、もう寝ていたと、思いますね」

と、一人が、いい、ほかの工員たちも、うなずいて見せた。

「その時は、工場の中の明かりも、消しますかね？」

「もちろん、消すでしょう。つけていたって、仕方が、ないんだから」

と、工員たちが、いった。

十津川は、死体の発見者の、長井智子に向かって、

「今、工場の中の電気が、ついていますが、あなたが死体を、発見した時も、明かりはついていたんですか？」

と、きいた。

「ええ、確かに、ついていました」

と、智子が、答える。

（とすると、どういうことになるんだろうか？）

と、十津川は、考えた。

普通に考えれば、状況は、こういうことになってくる。昨日、宿直だった中居伸介

は、午前二時には、三畳の部屋に入り、工場の中の、明かりを消し、テレビを消し、部屋の明かりも消して、布団に、入った。

その時、犯人が、裏の扉を、こじ開けて、工場の中に、入ってきた。

工員たちの話によれば、中居は、腕力に自信がなく、泥棒に気づいても、自分から、飛びかかっていくような、タイプではない。むしろ、息を潜めて、電話を使って、一一〇番をするほうだという。

とすると、明かりをつけたのは、中居伸介とは、思われない。

犯人が、つけたに違いない。

犯人は、工場の中に、忍び込むと、明かりをつけて、工場の中で、何かを、探していたのだろう。

それに気づいて、中居が、起きあがった。

犯人は、その気配に、気づいたのかも知れない。そこで、中居を三畳の部屋から引きずり出し、持っていたナイフで、胸を三カ所刺して、殺した。

そういう状況が、想像される。

「カメさんは、どう思うね？」

と、十津川が、きいた。

「少しばかり、おかしいですね」

と、亀井が、いった。

「警部のいわれた通りだとすると、犯人は、工場の裏から、扉を、破って入ってきた。そして、その時には、まさか、工場の中に、宿直の人間がいるとは、思わなかったと思うんです。だから、電気をつけた。そして、何か探し物をしている時に、三畳の部屋で、中居伸介が起きあがった。それに気づいて、普通なら逃げるはずですよね？　ところが、その犯人は、中居伸介を、引きずり出して、三カ所刺して殺してしまった。まるで、殺しが目的で、侵入したみたいに、見えるじゃありませんか？　物盗り(ものと)の犯行としては、どこか、おかしいですよ」

と、亀井が、いった。

十津川は、青木に向かって、

「ここでは、毎日、宿直の人間を、置くことになっているんですか？」

と、きいた。

「そうしています。ここには、金も大切な書類も置いていませんが、しかし、修理を頼まれた、太鼓や三味線が置いてあります。傷のあるもので、修理を頼まれているわけですから、売れるものでは、ありませんが、持ち主にしてみれば、愛着のあるものですからね。万が一、盗まれたら、大変なので、毎日、宿直を置いているんです」

と、青木は、いった。

「毎日、別の人が、宿直に当たっているんですか？」

「そうです。うちには、十五人の工員がいますから、交代して、宿直しています」

と、青木は、いった。

「すると昨日、中居伸介さんが、宿直することは、前から、決まっていたんですか？」

「毎月、カレンダーに、名前を書いて貼り出すんです。ですから、一ヵ月前には、もう、決まっています」

と、青木は、いった。

すると、犯人は、中居伸介を殺すために、ナイフを持って忍び込んだのだろうか？

「中居伸介さんが、誰かに、恨まれていたようなことは、ありませんか？」

と、十津川は、青木社長と、ほかの工員たちに、きいた。

「そんなことは、考えられませんよ」

と、いったのは、青木社長だった。

「彼は、もう三十年、ここで、働いていますがね。真面目で、人当たりがよくて、誰かとケンカをするような男じゃないんです。それに、金銭関係で、揉めたこともありません。バクチも、やりませんしね。彼が、借金をしていたということは、きいたことが、ないんですよ。そういう男ですから、彼が、誰かから、恨まれるなんてことは、考えられません」

「ほかの人たちは、どうですか？」

と、十津川は、工員たちに、きいた。

「社長に同感ですね。人柄はいいし、真面目だし、後輩の面倒見も、いい。それに、酒を飲んで暴れるなんてことも、ないから、一度もケンカをしたのを見たことがありません。われわれの間でも、彼はリーダー的な存在で、ケンカがあれば、彼は、それを止めるほうでした」

と、工員の一人が、いった。

4

十津川は、五月十二日に起きた事件のことを考えていた。

五月十二日、青森県から、送られてきた、大太鼓の中から、若い女の死体が、見つかった事件である。

あの事件で、青森では、これから、公判が行われようとしている。ひょっとすると、あの事件と関係のある犯人では、ないのだろうか、十津川は、そう思ったのだ。

公判が始まるのは、確か、七月十日だった。今日は、七月八日。二日前である。

しかし、あの時に、発見された女性の死体は、司法解剖に、回されたはずだし、太鼓のほうは、本来、送られるべき会社、東京品川区上大崎の会社に、送られたはずである。

それなのになぜ、この工場に、犯人が入ってきたのだろうか？

「五月十二日の事件のことですが、あの時のもので、何か、この工場に、残っているものはありませんか？」

と、十津川は、青木社長に、きいた。

「何も残っていませんよ」

あっさりと、青木が、否定した。

「死体は、司法解剖に、回されたし、太鼓のほうは、品川区上大崎の、本来の修理会社に送られましたからね、うちには、何も残っていません」

「本当に、何も、残っていませんか？」

と、十津川が、念を押すと、青木は、しばらく考えてから、

「一つだけ、残っているものとすれば、あの時、太鼓の中に、詰まっていた、藁くずですかね。あれだけは、品川のほうの会社には、送っていません。送ったって、仕方が、ありませんからね」

と、青木は、いった。

「ああ、確かに、藁くずが、ありましたね」

と、十津川も、うなずいてから、

「その藁くずは、今どこにありますか？」

と、青木に、きいた。

「それも、処分してしまいましたよ。燃えるゴミとして、あの翌日に、出してしまいました」

と、青木は、いった。

「すると、あの事件に関係したものは、この工場には、何も残っていないわけですね。間違いありませんか？」

と、十津川が、念を押した。

「間違いありませんよ。全部、始末してしまいました。藁くずもね」

と、青木が、いった。

すると、今回の犯人は、あの大太鼓と、女性の死体とも、何の関係もない、人間なのだろうか？

しかし、それなら、何を盗みに、この工場に入ってきたのか。それに、なぜ、簡単に、宿直の中居伸介を、殺してしまったんだろうか？

それが、わからなかった。

十津川は、念のために、殺された中居伸介について、更に、調べてみることにした。工場の中に、貼られたカレンダーには、間違いなく、七月七日のところに、中居の名前があった。

とすれば、中居が、七月七日の夜、工場に泊まることは、何人かが、知っていたはずである。

だから、中居を殺すために、犯人が、工場に忍び込んだことも、十分に考えられた。

中居伸介のことを、調べてきた刑事たちは、異口同音に、こういった。

「青木社長や、仲間の工員たちのいった通りでした。中居伸介が、誰かに恨まれていたことは、まず、考えられません。中居は、六十歳。三十歳の時に、日本民芸に入って、それから三十年間ずっと、三味線や太鼓の修理に、当たってきました。実直な性格で、誰からも、信用されていました。家には、二歳年下の妻がいますが、この奥さんも、人に恨まれるような人では、ありません。二人の息子は、いずれも独立して、ほかの仕事を、しています。この息子二人にも、問題はありません。中居伸介は、借金は、どこにも、ありません。現在、妻と二人だけで、近くのマンションに、住んでいますが、マンションのローンの返済も、終わっています。また、バクチをやっていた形跡も、ありませんので、やはり借金はなかったと思われます。酒はたしなむ程度で、酒を飲んで、暴れたという話もきいていません。もちろん、前科もありません」

「女性関係も、きれいですね。二歳年下の奥さんと、仲良くやっているようで、休みの日には、二人でよく、旅行に出かけています。同じマンションに住む人たちにきいても、仲のいい夫婦だと、誰もがいっています」

と、西本が、いった。

「まるで、聖人君子のような男だな」

と、北条早苗が、十津川に、いった。

「しかし、わからず屋じゃ、ありませんよ。仲間と一緒に、カラオケを楽しむこともあったようだし、世話焼きでも、ありましたから、人望があったんです。青木社長にも、信頼されていました」

と、十津川が、苦笑した。

と、日下（くさか）刑事が、いった。

司法解剖の結果は、予想した通り、死亡推定時刻は、七月八日の午前二時から、三時の間となった。犯人のものと思われる指紋は、残念ながら、検出されなかった。

「おそらく、犯人は、手袋をして、侵入したものと思われます」

と、鑑識のほうからの報告があった。

5

弁護士の三宅綾は、写真を見ていた。去年の夏の、ねぶた祭りの写真だった。

三枚の写真に、そのねぶた祭りで、踊っている、沢田圭介が写っていた。

写真の中で、赤いたすきを掛け、ハネトの格好をした沢田が、夢中になって踊っている。ねぶた祭りで踊る人間は、ハネトと呼ばれる。踊るというよりも、跳ねるように見えるからである。

去年のねぶたの時、沢田圭介は、ハネトになっているのだ。その表情は、無邪気で、いかにも、楽しげだ。

三枚のうちの二枚では、沢田の顔は、汗でぬれて光っている。夢中になって、踊っているのだ。

彼と一緒に写っているハネトたちも、汗びっしょりになっていて、恍惚の表情をしている。

綾は、その三枚の写真に、沢田と一緒に、写っているハネトを探し出して、話をきくことにした。一緒に踊っているから、おそらく、友人なのだろう。

調べてみると、高校の同窓生で、現在、青森市内の、コンビニで働いていることが、わかった。綾は、その川口という男に、会いに出かけた。

川口は、綾に向かって、

「確かに、同じ高校の同窓ですけど、そんなに、親しくはなかったですよ」

と、弁解するように、いった。

殺人事件で起訴されている沢田と、親しくしていたとは、思われたくないらしい。

その川口に、綾は、三枚の写真を、見せた。

「ここで、あなたは、沢田さんと一緒に、踊っていますね？　これ、あなたでしょう？」

「ええ、僕ですけど」

「じゃあ、かなり、親しくしていたんじゃないんですか？」

と、綾が、きいた。

「あの時は、一緒に、踊りに行こうと、誘われたから、一緒に行ったまでで、今もいったように、親友というわけじゃないんですよ。彼は、ちょっと、気難しいところがあったから、親友というのは、おそらく、いなかったんじゃないかなあ」

と、川口が、いった。

「どんなふうに、気難しいんですか？」

「真面目で、あまり、冗談をいわないんだ。一緒にいても、女の話をするわけでもないしね。カラオケに、一緒に行ったことがあるんだけど、真面目な歌を歌うんでね。面白くなかった」

と、川口が、いった。

「でも、三年間、高校で、一緒だったんだから、沢田さんのことを、いろいろと、知っているんじゃないんですか？」

「確かに、三年間、一緒だったけど、今もいったように、親友じゃないんだ。彼は、高校時代に、ボクシングをやっていたから、ボクシング部の連中に、きいたほうがいいんじゃないか、そう思いますけどね」

と、川口は、いった。

そこで、綾は、高校時代の沢田に、ボクシングを教えていた、ボクシング部の部長、金石を訪ねてみることにした。

金石は、現在、教員を辞めて、青森駅近くの商店街で、食堂をやっていた。郷土料理の店である。

綾はそこで、五十歳になる金石に会った。

「あの男が、まさか、人殺しをするとは、思いませんでしたね」

と、金石は、綾に向かっていった。

「まだ、犯人とは、決まっていませんよ。これから、裁判があるんですから」

　と、綾が、訂正した。

　しかし、金石のほうは、

「しかし、もう決まったと同じでしょう。新聞を読むと、そう思いますよ」

「高校時代の沢田圭介さんは、どんな青年でしたか？」

　と、綾が、きいた。

「そうですね。天才型と、努力型の二つに分けると、彼は、努力型でした。しかし正直にいって、あまり強くなかった。練習なんかも、一生懸命真面目にやるんですけどね。県大会に出ても、個人戦で、一回戦で負けてしまいましたからね」

　と、金石は、いった。

「その沢田圭介さんが、人殺しをすると思いますか？」

　と、綾は、きいてみた。

「しかし、人殺しをしたんでしょう？　確か、高級クラブのホステスを、殺した、新聞にはそう出ていましたがね」

「今もいったようにまだ、犯人と、決まったわけでは、ないんです。私は、無実だと、信じていますよ。あなたが、沢田圭介さんが、犯人だと、思う理由は、何ですか？」

　と、綾は、少し怒ったような口調で、きいた。

「あの生真面目さかな」

と、金石が、いう。

「どんな生真面目さですか？」

「あの男は、何事にも、融通がきかないんですよ。真面目すぎるんです。勉強の面では、それは、いいんですけどね。人間関係では、まずかったんじゃないですかね。だから、親友ができなかった。私は、そんなふうに、思っています。ですから、女性に対しても、まっすぐに、突進してしまったんじゃないのか。今の女性は、そういう男を嫌いますからね。もっとユーモアがある男性が、好きなんじゃありませんか？　あの男には、そういうところが、なかった。社会人になってからも、同じだと、思いますよ。それに、相手は、高級クラブの、ホステスでしょう？　そんな女が、あんな、真面目なだけで金のない男を、受け入れるはずはないですよ。だから、こんな、悲劇的な結末に、なったんじゃないですか？」

と、金石は、いった。

綾は、

(困ったな)

と、思った。

たぶん、この金石や、さっきの、川口という同窓生が、もし、証人として、法廷に呼ばれたとしたら、今と同じような証言をするに違いない、そう思ったからだ。

失望して、事務所に帰ると、自分の机の上に、二人の私立探偵が作った、調査報告書が載っていた。

そこには、殺された平沼恵子と、何らかの関係があった男五人の名前が、書いてあった。

いずれも、クラブ・ミラージュの常連客で、五人の名前のいちばん最初には、片岡興業の社長、片岡安二郎、六十歳の名前があった。

その報告書にあった名前を、綾は、一人ずつ見ていった。

片岡安二郎のほかにあった名前は、四名である。渡辺信行（五十八歳）、中山和夫（五十歳）、阿部洋介（四十歳）、岸田完（四十五歳）。

いずれも、ミラージュの常連客らしく、中年で妻子があり、そして、会社の経営者だったり、大会社の、役員だったりした。

もし、沢田圭介が、犯人でなければ、この五人の中に、平沼恵子を殺した犯人が、いるのだろうか？

この五人の、それぞれの顔写真も、添付されていた。そして、次のような、説明がついている。

「この五人の中で、いちばん、マークすべき男は、岸田完、四十五歳だと思われる。写真を見ればわかる通り、この五人の中では、いちばんの、美男子である。

その上、彼は、青森市内に事務所を持つ、一級建築士で、事務所には、ほかに、三人の職員がいる。

また、岸田は、青森市内の会社や工場、それに、公会堂などの、設計も手掛けており、収入もよい。

平沼恵子の働いていた、ミラージュのママやホステスに、きいたところでは、店でいちばんモテたのは、五人の中で、この岸田完だと、異口同音に、答えている」

綾が、調査報告書を、読み直していると、所長の寺田が、声をかけてきた。

「あと二日で公判だが、手応えのほうは、どうなんだ？」

と、寺田が、きいた。

「今のところ、手応えが、まったく、ありません。それで、困っているんです」

「その調査報告書は、どうだ？ 何か、参考になるか？」

と、寺田が、きいた。

「殺された平沼恵子と何らかの関係のあった、五人の名前が書かれていますが、果たして、この中に、真犯人がいるかどうかは、わかりません。たとえ、真犯人が、いたとしても、本人は否定するでしょうし、今のところ、沢田圭介と比べたら、裁判官も、この五人のほうを、信用するんじゃないでしょうか？」

と、綾が、いった。

寺田が、笑って、

「ずいぶん、悲観的なんだね」

と、いってから、

「東京で、ちょっとした、事件があったぞ」

と、教えてくれた。

「どんな事件ですか？」

「東京の江東区亀戸の日本民芸という会社を覚えているだろう？　例のねぶた祭りに使われる大太鼓が、修理に届けられた会社だよ」

「ええ、覚えています。そこにも、私は、行ってみました」

「その会社で、中居伸介という工員が、殺された」

と、寺田が、いった。

「その事件と、こちらの公判と、何か、関係があるんでしょうか？」

と、綾が、きいた。

「それは、まだわからない。しかし、問題の東京の工場で、工員の一人が、殺されたんだ。ひょっとすると、何か関係が、あるかもしれないぞ」

と、寺田は、いった。

第四章　男と女

1

　検察側の冒頭陳述が、始まった。

「被告人は、かねてから、青森市内の高級クラブのホステス、平沼恵子二十五歳に、思いを寄せていたが、一向に、相手にされないことに腹を立て、五月八日の夜、被害者の平沼恵子を、誘拐して、自宅の1DKのマンションに監禁した。そのあと、レイプしようとしたが、騒がれ、彼女を絞殺してしまった。その後二日間、被告人は、被害者の死体とともに、部屋に暮らしていたが、たまたま、沢田は、ねぶた祭りに使う、大太鼓の修理を、東京の業者に頼む仕事を、頼まれていたことを思い出し、修理する大太鼓の中に、被害者の死体を押し込め、藁で動かないようにしてから、東京都江東区の、日本民芸工業株式会社に送りつけたものである。被告人は、その間に逃亡を図ったが、東京で死体が発見されて大騒ぎになり、送り主が、片岡興業の社員、被告人であることがわかり、逮捕されたものである。被告人は、今も申し述べたように、たまたま、社長に連れられて遊びに行った、高級クラブのホステス、平沼恵子に好意を抱き、その後、自費で一回、同クラブに遊びに行ったが、その高級クラブに通うためには金が続かず、また、彼女に、相手にされないことに腹を立て、力ずくで、誘拐し、自宅のマンションで、レイプしようとして拒絶され、首を絞めて殺したものである。その後、被告人は、死体と二日間を、共にしていた。これは、被告人の異常な心理というべきもので、その後、修理用の大太鼓の中に、死体を閉じ込め、それを送りつけたことも、被告人の異常性を、示すものである。逮捕された後、どうして、死体を修理用の大太鼓の中に閉じ込めて、東京に送りつけたのかときかれた時、被告人は、大騒ぎになると面白い、そう思って、死体を送ったと陳述している。これもまた、被告人の異常性を示すもので、この犯行には、何ら同情の余地はない」

検事は、そういって、沢田を弾劾(だんがい)した。

この検事側の冒頭陳述は、弁護士の三宅綾にとって予期したものだった。

しかし、予期したものではあったが、これに反論することは、難しかった。

何しろ、弁護すべき被告人の、沢田圭介は、自分のマンションに彼女の死体があったことを、認めているし、その上、修理用の大太鼓に、彼女の死体を押し込んで、東京に送ったことも、認めているのである。

これは、決定的に被告に不利なことだった。しかし、それでも、沢田は、自分は、殺していないと、主張していた。弁護士の綾としては、その言葉を信じて、無罪を主張するより、仕方がない。

ただ、今となっても、正直にいって、この裁判に、勝てる自信はなかった。

裁判官が、

「被告人は、被害者の平沼恵子を殺したことを認めますか？」

と、きいた。

「僕は、無実です」

と、沢田は、いった。

これから、裁判の戦いが始まる。綾は、苦戦を、覚悟した。

十津川と亀井は、この裁判を、最初から傍聴することに決めていた。

検察側の冒頭陳述の時、十津川は、検事の言葉をきくよりも、被告人席の、沢田圭介の顔を注視していた。

年齢二十六歳、身長一七三センチ、体重七〇キロ、どこにでもいる、普通の青年に見える。高校時代、ボクシングを、やっていたというが、そのことも、検事側は、尋問で強調するだろう。

ボクシングを、やっていたくらいだから、腕力があり、その腕力で簡単に、被害者の平沼恵子を、殺したに違いない。

検事は、そういうに、決まっていた。

第一日は、検察側の冒頭陳述だけで、終わった。

十津川と亀井は、法廷から出ると、

「警部は、どう思って、おられるんですか？」

と、亀井が、きいた。

「どう思っているって？」

「あの沢田圭介という被告人のことですよ。弁護士は、殺人については無実を主張していますが、警部は、どう思われますか？」

「そうだな、八十パーセント有罪かな」

「あとの二十パーセントは、どうなんですか？」

と、亀井が、きく。

「どうにも、引っかかるところが、少しだけあるんだ」

と、十津川が、いった。

「被告人の、沢田圭介の行動が、あまりにも、突飛すぎるからだよ。そこに、引っかかるんだ」

と、十津川が、いった。

「修理する大太鼓に、死体を詰め込んで、東京に、送った件ですか？」

「それが、まずある」

「検事側は、時間かせぎをして、その間に、被告人は逃亡するつもりだったと、いっていますね。現に、その後、沢田圭介は、姿を消し、下北半島の、恐山で発見されています。検事のいうように、死体を、東京に送り出しておいて、その間に、逃げる気だったことは、まず、間違いないと思いますが」

と、亀井が、いった。

「殺人を犯した者が、逃げる場所としては、少し、おかしいんじゃないかな？　下北半島の恐山といえば、地理的に見ても、どんづまりで、それより先には、逃げる場所が、ないような気がするんだよ。普通なら、そんなところに逃げるかな？」

と、十津川が、いった。

「しかし、場所が、どこであれ、現実に、逃げていますし、今日の検察側の、冒頭陳述でも、被告人は、太鼓に死体を詰めて、東京に送りつけておいて、青森から、下北半島に、逃げたといっています」

「逃亡場所としては、おかしいといっているんだ。まるで、自分の罪を、告白するように、下北半島に行っている感じがする。そもそも、恐山というのは、そういうところだろう？」

と、十津川は、いった。

「あそこでは、イタコに頼んで、死者の言葉を、きけるといういい伝えが、あります」

と、亀井が、いった。

「じゃあ、沢田圭介も、あの恐山に行って、死者の言葉を、イタコからきくつもりだったんじゃないのかね？」

「死者の言葉というと、沢田は、自分が殺した平沼恵子の声を、きくつもりだったんでしょうか？」

「そうだろうね。しかし、自分が殺したというのは、まだ断定できないよ。彼自身は、殺人を否定しているんだからね」

と、十津川は、いった。

「でも、警部は、八十パーセント、彼が犯人だと、思っていらっしゃるんでしょう？」

「ああ、そうだ。だが、残りの二十パーセントは、犯人じゃないと、思っている。だから、ひょっとすると、あの男は、下北半島に行って、イタコに、平沼恵子の霊を呼び出してもらって、真犯人の名前を、きこうとしたのかも、知れない」

と、十津川は、いった。

「二十六歳の青年が、そんな迷信を、信じるものでしょうか？」

「もしかすると、信じているのかも、知れないよ」

と、十津川は、いった。

二人は、この日、青森市内のホテルに泊まることにした。

十津川は、今度の公判で、検察側の証人として、東京江東区の日本民芸工業で、太鼓の中から、死体が発見された時の状況を、証言することになっていた。

その証言が終わるまでは、青森から、離れることはできないだろう。

レストランで、夕食を取った。

「警部のいわれる二十パーセントについて、教えてくれませんか？」

と、亀井が、食事の途中で、いった。

「それにこだわるところを、見ると、カメさんだって、今度の事件については、何か、引っかかるものが、あるんじゃないのかね？」

と、十津川が、いった。

「私も、青森の生まれですからね。被告人席の沢田圭介を見ていると、どうしても、自分の生まれ育った、東北のことが、思い出されてしまうんです。青森のねぶた祭りにも、参加しました。あの男も、ねぶた祭りの時は、ハネトになって、飛びはねているのだ、そう思うと、あの青年は、殺人を犯していないのではないか、そんなふうにも思えて、しまうんです」

と、亀井が、いった。

「やっぱり、カメさんも、私と同じで、二十パーセントぐらいは、何か、引っかかるものを、感じているんだろう？」

　と、見透かすように、十津川が、亀井に、いった。

「それでは、お互いに、引っかかる二十パーセントについて、考えてみませんか？　特に、警部は、検察側の証人として、出廷するわけですから、その時までに二十パーセントの、引っかかりを、なくしておいたほうが、いいのじゃありませんか？」

　と、亀井が、いった。

「そうだな。確かに、検察側の証人としては、二十パーセントでも、疑いがあっちゃ困るからね。カメさんは、何が、いちばん、引っかかるんだ？」

「第一に、引っかかっているのは、指輪です」

　と、亀井が、いった。

「指輪？　ああ、被害者の平沼恵子の死体が、東京で発見された時、腕にブルガリの腕時計はしていたが、指輪は、していなかった、その指輪のことだね？」

　と、十津川が、いった。

「彼女は、青森市内の高級クラブで、働いていたんです。指輪をしていなかったというのは、少し、おかしいと思うんです」

　と、亀井が、いった。

「君は、彼女は殺された時、指輪をしていた。だが、その指輪は、彼女を殺した犯人が、奪ってしまった。そう考えるのか？」

「そうです」

「しかし、ブルガリの腕時計は、そのままだったんだ」

と、十津川は、いってから、

「もし、沢田圭介が、指輪を奪ったのだとしたら、その指輪を、どうしたと、思うね？」

「たぶん、それを売って、金にしようと思った。まずは、それが、普通の考えでしょうね」

「じゃあ、どうして、ブルガリの腕時計は、そのままにして、おいたんだ？」

「腕時計のほうは、売ると、足がつく、そう思ったんじゃないでしょうか？　たぶん、指輪のほうが、高価で、腕時計よりも、高く売れると、思ったんじゃないでしょうか？」

と、亀井が、いった。

「しかし、指輪のことを、県警が調べなかったというのは、ちょっと、考えにくいね」

と、十津川は、いい、急に携帯を取り出すと、この事件を調べた青森県警に電話をかけた。

しばらく話してから、電話を切って、

「やはり、県警は、指輪のことを調べているよ」

と、十津川は、いった。

「彼女は、やはり、指輪をしていたのですか？」

「彼女の働いていた、クラブのママやホステスに、きいたらしい。そうすると、彼女は、いつも、エメラルドの指輪をしていた。その指輪も五カラットはある、大きなもので、買えば一千万円近くは、するような高価なものだった、らしい」

と、十津川は、いった。

「じゃあ、彼女が殺された時も、その指輪をしていた可能性が、ありますね」

「そうだよ。犯人が、その指輪を、取ってしまったんだ。そう考えるより、仕方がないな」

「その指輪は、犯人が奪い取って、金にした。そういうことでしょうか？」

「県警では、そう思っている。それで、青森市内の質屋や、高価な宝石類を、買い取るような店を、調べて歩いているが、今までのところ、そのエメラルドの指輪を、沢田圭介から買ったという店は、見つかっていないらしい」

と、十津川は、いった。

「当然、県警は、沢田圭介にも、そのエメラルドの指輪のことを、きいているのでは、ありませんか？」

「もちろん、きいているさ。それに対して、沢田は、指輪をしていたかどうか、記憶がないといっている」

「その答えに対して、検察は、どう思っているんでしょう?」

「沢田がウソをついている、そう断定しているさ。指輪は、沢田圭介のマンションからは、見つからなかったから、県警は、その指輪を、沢田がどこかで、始末したと考えている。下北半島で、彼は発見されているから、青森市内以外で、売ったことも、十分に考えられる。県警は、そういっていたよ」

と、十津川は、いった。

「これで、私の二十パーセントの、引っかかりの一つが、解消されました。思った通り、殺された平沼恵子が、はめていた指輪は、犯人の沢田圭介が抜き取って、どこかで、売り飛ばしたんでしょう」

と、亀井が、いった。

亀井は、今度は、

「警部の二十パーセントの引っかかりを、教えてください」

と、十津川に、いった。

「もし、沢田圭介が、犯人だとしたら、どうして、自分の部屋で、平沼恵子を殺したかという疑問がある」

と、十津川は、いった。

「それは、簡単なことじゃありませんか？　今日の検察の冒頭陳述でも、いっていましたが、沢田が、彼女を誘拐して、自分の部屋に、閉じ込め、レイプしようとしたが拒否されたので殺した、そういうことじゃありませんか？」

と、亀井が、いった。

「検察側の冒頭陳述では、あっさり一言で断定しているが、女性一人を、誘拐して、自分の部屋に監禁したんだ。そんなに、簡単なことじゃないよ」

「沢田は、中古の、軽自動車を、持っていたといいますから、その車で、誘拐したんじゃ、ありませんか？」

と、亀井が、いう。

「彼女は、青森市内の、高級マンションに住んでいた。とすると、彼女が、マンションから出てきたところを、誘拐して、車に押し込め、それから、自分のマンションに、連れ込んだ。そういうことになってくるね」

「そうです」

「彼女の靴が、どうして、発見されないんだろう？」

と、十津川が、いった。

「それは、沢田が、彼女を、自分の車に押し込んだ時、脱げたんじゃありませんか？」

「もし、その時に、靴が脱げたんなら、誰かが、その靴を発見しているはずじゃないか？　靴だけ、道路に落ちていたら、誰もが怪しいと思って、警察に、届けるはずだよ。しかし、そんな証言は、出ていない」

と、十津川は、いった。

「だとすると、靴は、犯人の沢田圭介が、処分したんだと思いますね。彼女をさらって、自分のマンションに運んだ時、靴は、履いていた。彼女の死体を大太鼓の中に押し込んだ時、靴が、じゃまになった。それで、靴だけどこかで処分したんじゃないでしょうか、どこかにすてるか、あるいは、焼却するかして」

と、亀井が、いった。

「しかしね、カメさん。誰かを殺して、その所持品を処分するのは、その殺人そのものを、隠すためだろう。しかし、沢田圭介は、死体を、隠そうとしていない。むしろ、死体を、修理する太鼓の中に閉じ込め、東京の日本民芸工業に、送りつけて、騒ぎを、大きくしているんだ」

と、十津川は、いった。

「確かに、おかしいですが、しかし、検察側の、冒頭陳述にも、うなずけるところがありましたよ。沢田圭介は、死体の処理に困り、修理する大太鼓の中に、閉じ込めて、東京に送りつけた。そうすれば、時間が稼げますから、その間に逃亡しようとした。

そして、現に下北半島まで逃亡しているんです。靴はたぶん、その途中で処分したんじゃないでしょうか？」

と、亀井が、いった。

「確かに、沢田圭介の行動は、半分は、納得できるが、あとの半分は、まったく理解できないんだ。どうしてもそこに、私は引っかかるんだよ」

と、十津川は、いった。

しかし、その疑問に対しての答えは、まだ見つかっていなかった。

2

翌日の公判で、十津川は、検察側の証人として出廷した。

検事が、十津川に質問する。

「被害者、平沼恵子の死体が、発見された時の状況を、話してください」

「五月十二日の早朝ですが、東京江東区の日本民芸工業から一一〇番がありました。青森から、送られてきた大太鼓の中から、女の死体が、発見された、そういう知らせでした。そこで、私たちは、殺人事件だと考え、現場に急行しました。そこで、大太鼓の中から発見された、平沼恵子の死体と、出会ったわけです」

と、十津川は、答えた。

「その時の死体の状況は、どうでしたか？」

「死体は、花柄の、ツーピースのドレスを着ていて、なぜか、きれいに、化粧されていました。顔の白さと、口紅の塗られた唇の、赤さが目に焼きついています。死体は、藁で囲われていて、見たところ、首を絞めた跡が、発見されました。それで、殺人事件と、断定したのですが、修理されるその大太鼓が、どこから、送られてきたのかは、送付状を見て、簡単に、わかりました」

「それで、その死体入りの大太鼓は、どこから、送られてきたのですか？」

「青森市内の、片岡興業から、送られていました。そして、送付状は、庶務係の沢田という男の字で、書かれてありました。それで、遺体を、大太鼓に入れたのは、片岡興業の社員、沢田圭介と、わかりました」

と、十津川は、いった。

「死体は、靴を履いていなかったんですね？」

「そうです」

「それから、腕には、時計を、はめていましたか？」

「ブルガリの、腕時計をはめていました。かなり、高価なものであることが、すぐにわかりました」

「そのほかに、何か、身につけているものがありましたか？」

「それ以外には、ありません。指輪があると思ったのですが、それは、見つかりませんでした」

と、十津川は、答えた。

「その死体の状況から、十津川警部は、どう感じられましたか？」

と、検事が、きいた。

「高価な、ブルガリの腕時計が、はめられたままになっていたこと、それから、顔が美しく化粧されていたことから考えて、この殺人事件は、怨恨によるものと考えました。犯人は、明らかに、被害者の女性を、憎んでいますが、同時に、愛してもいた。だから、殺したあと、顔に化粧を施した。そう考えました」

「どうして、犯人は、被害者を、修理する大太鼓に、押し込んで、東京に送ったのか？　しかも、いつも片岡興業と、取り引きのある工場ではなくて、これまでまったく、取り引きのなかった日本民芸工業という会社の工場に、送ったのか、その点は、どう思われましたか？」

と、検事が、きいた。

「犯人は、時間を、稼ぎたかった。それと、死体をどうにかして、始末したかった。その二つの目的で、たまたま、自分がねぶた祭りで使う、大太鼓修理の発送を頼まれていたことを思い出し、その大太鼓に、死体を押し込み、そして、いつも、取り引きのある東京の工場ではなくて、まったく、取り引きのなかった東京江東区の日本民芸工業に、送ったのです。そうすれば、大太鼓は、しばらくの間、時間が稼げます。その間に犯人は、逃亡を図る。そう考えて、犯人は、東京江東区の日本民芸に死体を押し込んだ、大太鼓を送ったのではないかと、私は、考えます。しかし、これが、果たして正しいかどうかは、今のところ、わかりません」

と、十津川は、わざと、ただし書きをつけた。

3

その日の午後。検察側は、被害者、平沼恵子の姉、平沼美津子を、証人として出廷させた。

十津川と亀井は、傍聴席から、彼女を見ていた。

殺された妹とは、三歳違う、二十八歳のはずだった。しかし、妹が、高級クラブで働いていたのと違って、姉の美津子は、八戸の不動産会社で、経理の仕事をしている。

そうした、地味な仕事をしているせいか、服装も地味で、全体に、暗い感じがした。

「殺された、妹の平沼恵子さんが、どんな女性だったか、それを、話してください」

と、検事が、いった。

「妹と私は、二人だけの姉妹です。妹は、高級クラブで、働いているので、華やかな、感じを受けるかも知れませんが、本当は、物静かで口数の少ない女なんです。それに、行動も派手では、ありませんでした。そんな妹が、私は、大好きで、私は八戸という、離れた場所に住んでいますが、一週間に一度は、私が青森に行くか、あるいは、妹が、八戸にやって来るかして、連絡を、取り合っていました。そんな妹ですから、私は、いつも、幸福になって欲しい、そう願っていました」

と、美津子は、いった。

「妹さんが、殺されたときいた時は、どう思いましたか？」

と、検事が、きく。

「もちろん、ビックリしました。どうして、あんな、性格のいい妹が、殺されなくてはならないのか、そう思って、犯人を憎みました。いや、今でも憎んでいます」

と、美津子は、被告人の沢田を睨んだ。

「犯人が、片岡興業で働いている沢田圭介という男だと知った時は、どう思われましたか？」

「最初は、その人のことを、知らなかったので、何といっていいのか、わかりませんでした。でも、だんだん、話をきいているうちに、殺してやりたいほど、憎くなりました」

「その沢田圭介ですが、妹さんの死体を、修理する大太鼓の中に、詰め込んで、東京に送っています。その間に、下北半島に、逃げました。そのことについては、どう思われますか？」

と、検事が、きいた。

「とても、人間のすることとは、思えません。若い妹を殺しただけでも、憎んであまりあるのに、その死体を、あんな、大太鼓の中に、押し込んで東京に送ったなんて、私は、とても許せません。なぜ、そんなことをしたのか、それを、問い質(ただ)したいと思います」

と、美津子は、いった。

「それに対する、被告人の答えなんですが、そうやって、大太鼓の中に押し込んで送れば、大騒ぎになるだろう。それが、面白かった。そう証言しているんですが、この証言については、どう、思われますか？」

と、検事が、きいた。

「何も、いうことはありません。人間が、どうしてそこまで、非情になれるのか、私には、まったく、わかりません」

と、美津子が、いった。

「現在、被告の沢田圭介に対して、どういう感情をお持ちか、正直に、いって下さい」

と、検事が、いった。

「今も、いいましたように、私と妹の恵子は、この世に、二人だけの姉妹なんです。その妹が殺されてしまいました。残念でなりません。妹は、私の生き甲斐だったんです。その妹が、突然、亡くなってしまった。それを考えると、今は犯人に対して、その責めを、負って死んでもらいたい。その思いで一杯です。それ以外、今は、考えられません」

と、美津子は、いった。

明日からは、弁護側の証人が、出ることになっている。

しかし、被告の沢田圭介に、有利な証言をするような証人が、果たして、いるのだろうかと、十津川は、思った。

その夜、ホテルに入ってから、十津川と亀井は、弁護側の証人について話し合った。

「沢田圭介の無罪を、証明するような、そんな強力な証人が、いるとも思えないね」

と、十津川が、いった。

「そうですね。もし、そんな、証人がいたら、今までに、警察に行って、沢田圭介のために、証言しているんじゃないですか？」

と、亀井も、いう。

翌日の法廷で、最初に、弁護士の三宅綾が、証人として呼んだのは、小松原明という男だった。

「まず、お名前をいってください」

と、綾が、いった。

三十五、六歳に見えるその男は、

「小松原明です」

と、神妙な顔で、いう。

「現在、お仕事は、何をしていらっしゃいますか？」

「現在、自宅で、民芸家具の、製作をしています」

「それ以前は、どこで、何をしていらっしゃいましたか？」

と、綾が、いった。

「二年前までは、片岡興業で、ねぶた祭りに使う大太鼓や三味線などの小さな修理をしていました。大きな修理の場合は、東京の専門の修理工場に送っていました」

と、小松原は、いった。

「片岡興業では、何年、働いていらっしゃったんですか？」

と、綾が、きく。

「二十一歳の時からですから、十四年に、なります」

と、小松原が、答える。

「それでは、片岡興業社長の、片岡安二郎さんのことも、よくご存じですね？」

と、綾が、きく。

「ええ、何しろ、十四年間、片岡興業で、働いていましたから」

「その間、片岡社長に、青森市内のクラブに、連れていかれたことがありますか？」

と、綾が、きいた。

「ええ、何回かあります。社長は、ああいうところが、お好きですから」

「では、殺された、平沼恵子さんの働いていたクラブにも、片岡社長に、連れられて行ったことがありますか？」

「ええ、何回も、行っています」

「その時、ホステスの、平沼恵子さんにも会っていますか？」

「ええ、何回か会っています」

「その時、どんな印象を、持ちましたか？」

「とにかく、きれいな人だなとは、思いました。魅力のある女性です」

と、小松原が答えた。

「彼女と、つき合おうとは、思いませんでしたか？」

と、綾が、きいた。

「それは、思いません」

「なぜですか？」

「彼女のことを、片岡社長が、好きだと、知っていたからです」

「つまり、片岡社長と、平沼恵子さんは、関係があった。それが、わかっていたので、あなたは、彼女とつき合うのを、躊躇したんですね？」

「その通りです。彼女と片岡社長との関係は、たくさんの人が、知っていましたから」

と、小松原は、いった。

「それは、平沼恵子さんが、片岡社長の、愛人だったと、いうことですか？」

「愛人という言葉が、適切かどうかは、わかりませんが、つき合いがあったことは、間違いありません。今もいったように、あのクラブのママも、知っていますし、片岡興業の社員も、何人かは、知っていましたから」

「そうだとすると、片岡社長は、いろいろなものを、平沼恵子さんに、買い与えていたのではありませんか？」

「そうですね。片岡社長は、女性に優しくて、いろいろと、贈り物をするのが、好きでしたから、彼女にも沢山、プレゼントしていたと思いますね」

「では、片岡社長が、彼女に、指輪や高級時計を、プレゼントしたとは、考えられますか？」

と、綾が、きいた。

「誘導尋問です」

と、検事が、すかさず、いった。

「弁護人は、質問を、変えてください」

と、裁判官が、いった。

「それでは、質問を変えます。あなたは、何度も、問題のクラブに、行っています。その間、平沼恵子さんが、身につけていた高級腕時計や、指輪について、彼女に、質問したことがありますか？」

「人間ですから、興味があって、きいたことは、あります」

「では、彼女が、亡くなった時に、身につけていたブルガリの腕時計ですが、その腕時計のことは、知っていましたか？」

「ええ、知っていました」

「その腕時計を、誰にもらったか、ききましたか？」

と、綾が、きいた。

「腕時計だけについて、きいたことはありません。彼女は、ほかにも、いろいろと、高価なものを、身につけていたので、誰からのプレゼントなんだと、きいたことは、あります」

と、答えた。

「平沼恵子さんは、エメラルドの指輪をしていたのですが、そのことも、知っていましたか？」

「緑色の指輪でしょう？　もちろん、知っていました。大きなエメラルドですから」

「それで、あなたが、誰にもらったかときいた時、平沼恵子さんは、何と、答えたのですか？」

「最初は、笑って、答えませんでしたね。照れ臭かったのか、それとも、私の質問が、野暮に、きこえたのかも、知れません」

「それで、その後、どうしましたか？」

「彼女が笑っているので、その指輪、高そうだけど、うちの社長の、プレゼントじゃないのかと、カマをかけてみました」

「それに対して、平沼恵子さんは、何と答えましたか？」

「同じように、笑っていましたが、小さく、うなずいてもいました。ああ、やっぱり、片岡社長が、贈ったんだな、そう思いました」

続いて、弁護人の綾が、呼んだ証人は、平沼恵子が働いていた、クラブの同僚のホステスだった。

「名前をいってください」

綾が、まず、型通りの質問をする。

「店での名前は、サチコです。本名は、鈴木秋子です」

と、ホステスは、いった。

「殺された平沼恵子さんとは、仲がよかったのですか？」

と、綾が、きいた。

「ええ、同じ時期に、店に入りましたから、仲は、よかったと思います」

と、ホステスの秋子は、いう。

「あなたは、平沼恵子さんと、片岡興業の社長、片岡安二郎さんの関係を、知っていましたか？」

と、綾が、きいた。

「ええ、知っていました。店で働いているほかのホステスたちも、ほとんど、知っていたと思いますよ」

と、秋子は、笑った。

「それは、俗にいう、男と女の関係ということですか？」

「ええ、もちろん。お客さんが、うちのようなお店で、たくさんの、お金を使う理由は、たった、一つしかないんですよ。それは、自分が気に入ったホステスと、懇ろになるということなんですから」

「今、被告席にいる、沢田被告のことは、知っていますか？」

と、綾が、きいた。

「ええ、確か、二度ほど、うちのクラブに遊びに来ていましたよ。最初は、片岡社長に連れられてきたんです。その後で、今度は、一人で来ました。その後は、一度も、見ていません」

「一人で来た時ですが、沢田被告は、平沼恵子さんを、指名したんですか？」

「ええ、指名していました」

「そのことで、平沼恵子さんは、あなたに、何か、いっていましたか？」

「ええ、私が、どうなのと、きくと、私のことを、好きらしいんだけどといって、笑っているんです」

と、綾が、きいた。

「それが、迷惑だというように、いっていましたか？」

「いえ、決して、迷惑だとはいっていませんでした。むしろ、楽しんでいるように、見えました」

「どうして、平沼恵子さんは、楽しんでいたんでしょうか？　それが、わかりますか？」

「よくは、わかりませんけど、ああいう、真面目な若者と、店で接するのは、珍しいですからね。うちは、片岡社長のような、中年のお客さんが多いので、若くて、きまじめな沢田さんは、珍しかった。だから、楽しんでいた。そんなふうに、思います」

と、秋子は、いった。

その秋子に対して、検事が、反対尋問をした。

「殺された平沼恵子さんは、被告人の、沢田圭介が、店に来たことに対して、面白がっていたようだったと、先ほど、あなたは、いいましたね？」

「ええ、平沼恵子さんが、私に、そういったから、その通りに、いったんです」

「平沼恵子さんは、彼と、つき合ってもいいと、いったんですか？」

「そんなことは、いっていません」

「では、平沼恵子さんは、被告人のことを、どう、思っていたのでしょうか？　楽しいとはいっていたが、つき合う気はなかった。そういうことですか？」

「ええ、つき合う気なんかなかったと思いますよ。だって、そうでしょう？　ああいうお店で働くのは、お金が、欲しいからなんですよ。ですから、お金のないお客さんとは、つき合っても、仕方がありませんもの」

と、秋子は、冷たい口調で、いった。

「もう一度確認しますが、沢田圭介のことを面白い客だとはいったが、彼とつき合う気はなかった。平沼恵子さんは、あなたに、そういったんですね？」

「ええ、その通りです」

と、秋子が、いった。

それで、検事の反対尋問は、終わった。

十津川には、検事のいいたいことが、よくわかった。

被告人の沢田圭介のほうは、美人の、平沼恵子に会いたくて、自分のお金で、一度だけ、高級クラブに、会いに行った。

しかし、平沼恵子のほうには、つき合う気が、まったくなかった。それで、仕方なく、沢田圭介は、力ずくで、彼女を誘拐し、レイプしようとして、反抗され、殺してしまった。

検事は、そういいたいのだろう。

4

その夜、十津川と亀井は、青森市内にある、問題のクラブに行って、証言したホステスの秋子に会った。

「あの証言、私も、傍聴席からきいていましたよ」

と、十津川が、いうと、ホステスの秋子は、笑って、

「私ね、弁護士さんに、頼まれて証言したんだけど、あれじゃあ、かえってまずかったかしら？」

と、いった。

「いや、別に、まずくはありませんよ」

「それなら、いいんだけど」

「あの証言は、本当のことなんですか？　殺された平沼恵子さんが、あなたに、いったという言葉ですよ。沢田圭介のことを、楽しいけど、つき合う気はない、そういったと、あなたは、法廷でいいましたね。あれは、本当なんですか？」

と、十津川が、きいた。

「ええ、本当ですよ。だって、そうでしょう？　ここは、高いクラブだから、それだけに、お客さんも、皆さん、お金持ちばかりです。それで、そのお金持ちの、ご機嫌を取って、私たちは、高いお金をもらっているんですから、そんなところに、まったく、お金のない若い男が、遊びに来ると、正直なところ、困るの。だから、つき合う気がないというのは、ホステスの誰だって、そう思うわ」

と、彼女は、いった。

「沢田圭介のほうは、彼女のことを、どう思って、いたんでしょうね？」

と、亀井が、きいた。

「そりゃあ、自分のお金で、わざわざ、こんな高いお店に、遊びに来るぐらいだから、彼女のことが、好きだったに、決まっているじゃないの」

と、秋子は、いった。

「沢田圭介が、自分のことを、好きだということは、平沼恵子さん本人には、わかっていたんでしょうか？」

と、十津川が、きいた。

「そりゃあ、女ですもの、わかっていたに、決まっている。だから、半分は楽しんでいたけど、半分は、迷惑だったんじゃないかしら？」

と、秋子が、いった。

「迷惑というのは、どういうことですか？」

「あの法廷でも、証言があったじゃないですか？　片岡社長と、彼女とは、男と女の、関係だった。つまり、片岡社長は、彼女のダンナだったわけ。もし、その片岡社長が、沢田圭介さんのことを、知ったら、怒るに決まっている。だから、彼女にとって、迷惑だった。そういうことですよ」

と、秋子は、いった。

「片岡社長が、ヤキモチを焼いて、彼女を、殺したということも、考えられますか？」

と、亀井が、いった。

秋子は、笑って、

「それは、ほとんど、考えられないわ」

「どうしてですか？」

と、十津川が、きいた。

「だって、片岡社長と、沢田圭介さんじゃあ、月とスッポンだもの。片岡社長のほうは、彼女に、何でも買ってあげられるけど、沢田圭介さんのほうは、何にも、できないでしょう？　これじゃあ、相手に、ならないじゃないの。男って、そんな相手には、ヤキモチなんて、焼かないものよ」

と、秋子は、いった。

なるほど、そういうものかと、十津川は、妙に感心してしまった。このクラブでは、普通の常識は、通用しないらしい。

店のママにも、十津川は、同じことをきいてみた。

それに対して、ママは、

「そうね。あの沢田さんという人、間違いなく、恵子ちゃんに、夢中になっていたと、思うけど、恵子ちゃんのほうは、どうかしら？　きっと、迷惑に、思っていたと思うわ」

と、いうのだ。

理由は、さっきの、ホステスと、同じだった。

「確かに、片岡社長と、恵子ちゃんとは、三十何歳か、歳が離れていたけれど、この世界では、そんな歳の差なんて、まったく、問題にならないんですよ。どのホステスにきいても、わかるけど、何といっても、お金のあるお客が、いちばん大事なんですよ。この世界じゃ、お金しか、ものをいわないんだから。それで、恵子ちゃんも、片岡社長のことを、大事にしていた。だから、きっと、あの若い男の人が、迷惑だったに、違いないわ」

と、ママは、いった。

「片岡社長は、いろいろなものを、彼女にプレゼントしていたらしいんですが」

と、十津川が、いうと、ママは、うなずいて、

「片岡社長は、太っ腹なところが、あるから、気に入った女のコには、ずいぶんと、贈り物をしていましたよ。刑事さんは、きっと、恵子ちゃんが、身につけていた、ブルガリの腕時計とか、エメラルドの指輪のことを、ききたいんでしょうけど、私の知っている限りでは、二つとも片岡社長からの、プレゼントですよ。だから、恵子ちゃんも、大事にしていたわ。ほかにも、片岡社長は、恵子ちゃんに、マンションを借りてあげたり、エルメスのハンドバッグを買ってあげたり、それは、いろいろとして、あげていましたよ。確か、彼女を、東京に、連れていったことが、あるんじゃないか

しら」

と、いった。

「では、それほどまでに、惚れ込んだ、平沼恵子さんを、片岡社長が、殺すことは、考えられますか？」

と、最後に、十津川は、きいてみた。

ママは、笑って、

「それは、ちょっと、考えられないわね。だって、片岡社長の、一方的なものじゃなくて、恵子ちゃんのほうも、片岡社長が、好きだったんだから」

と、ママは、いった。

第五章　標　的

1

十津川と亀井は青森に残り、複雑な気持ちで、公判を見つめていた。

十津川は、沢田圭介が、殺人で八十パーセント有罪になるだろうと、考えていた。裁判も、もちろん、この線に沿って、進んでいくことだろう。

十津川自身、検事側の証人として、出廷したが、改めて、被告人席にいる、沢田圭介の不利を、実感した。

（弁護士の三宅綾は、よくやっているとは、思うが、今のままでは、勝ち目はないだろう）

十津川は、冷静に見て、そう思った。

三宅綾自身、勝てる見込みは、持っていないのではないか、そんな気がして、仕方がなかった。

亀井も、十津川と同じように、考えていたらしく、

「あの女弁護士は、どうやって、突破口を、開くつもりなんでしょうかね？」

と、十津川に、いった。

「今のままでは、とても、突破口は、開けないね」

十津川が、いった。

「しかし、弁護士ですから、勝ち目はなくても被告人の無罪を信じて、法廷で戦うよ
り、仕方がないんでしょうね」

「もちろん、そうだ。それが、弁護士の仕事だよ」

と、十津川が、いった。

「それでも、警部はまだ、二十パーセントは、この事件には、何かがあると、考えて
おられるのでしょう？　先日も、そうおっしゃられましたが」

「確かに、その通りなんだ。前にも、カメさんにいったが、八十パーセント、沢田圭
介がクロだと思っている。しかし、あまりにも、クロの部分が多すぎるとね、何か、
一発逆転してしまうのではないか、そんな不安が、脳裏をよぎることが、あるんだ」

十津川が、いった。

「その二十パーセントに、あの弁護士も、賭けているんじゃありませんか？」

と、亀井が、いった。

次の公判の時、三宅綾弁護士は、証人として、被告人、沢田圭介の雇い主である、

片岡興業の社長、片岡安二郎を、出廷させた。

十津川と亀井は、それを、傍聴席で見ていた。

型通りの、人定質問の後、三宅綾は、証人席の、片岡に向かって、

「あなたは、今、被告人席にいる、沢田圭介の雇用主ですね？」

「その通りです」

「今、被告席に座っている、沢田圭介をご覧になって、どんなことを思われましたか？」

と、綾が、きいた。

「どういったら、いいのでしょうか、非常に複雑な心境です。沢田圭介は、ウチの社員として、五年間勤めていました。彼が、真面目で、実直な社員であったことは、私も、認めます。その社員が、今、被告席で、裁かれようとしています。残念で、たまりません。できるなら、彼の無実を信じたいのですが、今までのところを、見ていますと、彼が犯人である、可能性が高い、そう思わざるを得ないのですよ。私には、それが、誠に残念です」

と、片岡は、いった。

「殺された被害者の平沼恵子さんとは、親しい仲だったと、きいたのですが、それは、本当ですか？」

「そうです。正直にいって、親しい仲だったことは、認めます」

「どの程度、親しかったのですか？　いわゆる、男と女の関係だったのですか？」

と、綾が、きいた。

「確かに、そういう関係を、持ったことも、あります」

片岡は、あっさりと、認めた。

「彼女が働いていたクラブのママの話では、あなたは、高価な贈り物を、被害者に、いろいろとしていたということですが、これも、本当ですか？」

「その通りです。あのクラブは、会社の接待で、使っていたのですが、彼女が、よくやってくれていたので、そのお礼の意味で、プレゼントをしました」

と、片岡は、いった。

三宅綾は、ビニールで包んだ、腕時計を取り出すと、それを、証人席の片岡のところまで、運んでもらった。

「その腕時計を見てください。それは、被害者の腕にはまっていたブルガリの時計ですが、あなたが、彼女に、プレゼントしたものですか？」

と、綾が、きいた。

片岡は、それを、手に取ってから、

「間違いなく、私が、彼女にプレゼントしたものです」

「それは、いくらで、買ったものですか？」

「確か、四十万円ぐらいだったと、思いますが、正確な金額は、覚えていません」

と、片岡が、いった。

続いて、綾は、同じように、ビニールで包まれた指輪を、証人席の片岡のところに、持っていった。

「それは、エメラルドの指輪ですが、五カラットあります。カルチェの製品で、八百万円はするものですが、それも、あなたが、被害者に、プレゼントしたものですか？」

と、綾が、きいた。

片岡は、同じように、それを、手に取ってから、

「よく似ていますが、果たして、私がプレゼントしたものかどうかは、わかりません。これは、どこから、持ってこられたものですか？」

逆に、片岡が、綾に、きいた。

「それは、クラブのママや、被害者の同僚のホステスの証言から、このカルチェを売っている店に頼んで、同じものを、用意してもらったものです。ですから、被害者の指に、はまっていたものとは違います。しかし、それと同じものを、証人が被害者に、プレゼントしたことは、間違いありませんね？」

と、綾が、きいた。

「確かに、カルチェのエメラルドの指輪を、プレゼントしたことは、認めます。しかし、私がプレゼントしたものとは、違いますね。よく似ているが、違います。そのことは、確認しておきたいと思います」

と、片岡が、いった。

「しかし、それは、カルチェの店に頼んで、まったく、同じものを、用意してもらったんですよ。カラットも同じ、小売りの値段も、同じ、そして、サイズも、まったく同じものです。そのどこが違うと、証人は、おっしゃるのですか？」

と、綾が、きいた。

「しかし、これ、違うんでしょう？」

と、片岡は、笑いながら、

「確かに、よく似ていますが、今、弁護人は、これは、事件とは、関係がないと、いわれたじゃありませんか？　彼女の指に、はまっていた指輪ではない。同じものを、カルチェの店に頼んで、用意してもらった。そういわれたじゃありませんか？　ですから、私は、これは違う、よく似ているが、違うといったんです。どこか、間違っていますか？」

と、片岡は、反論した。

「それは、よくわかりますが。もし、私が、その指輪が、被害者の指に、はまっていたものだといったら、あなたは、どうやって、その違いを、判断されるのでしょうか？　具体的に違っている点を、おっしゃっていただけないでしょうか？」

と、綾が、いった。

「困りましたね。違うといったのは、弁護人の、あなたのほうですよ」

「しかし、店の人は、まったく同じものだ、同じように、作ったといっているんです。あなたも、よく、似ているといわれましたね。それなのに、具体的な違いがあるというのであれば、それを、おっしゃってください」

と、綾は、食い下がった。

「そういう質問は、困りますね。事実として、違っているのだから、違っているといったんですよ」

と、片岡が、いった。

「しかしですね。こういうことも、あり得るのではないでしょうか？　被告人が、その指輪を被害者の指から、抜き取って、お金になるからと、売ってしまった。カルチェの店に行って、売ってしまったというわけです。とすると、被告人が売った指輪かも知れないじゃないですか？」

と、綾が、いった。

二人の問答を、きいていた十津川には、なぜ、弁護士の三宅綾が、これほどまで、その点に、こだわるのかが、わからなかった。いわゆる、狙いがわからなかったのだ。

片岡のほうは、苦笑しながら、

「今、弁護士さんのいわれたことは、事実なんですか？」

と、きく。

「実は、それは、カルチェの青森店に行って、これこれの指輪と、同じものが欲しいといった時、店の人が、こういったんですよ。実は、あるところから、購入したもので、前にウチの店が、お得意さまに、売ったものと、まったく同じものだ。そういって用意してくれた指輪なんです。ですから、今、私がいったように、その指輪は、被害者の指に、はまっていたものを、被告人の沢田圭介が、抜き取って、カルチェの店に、売りに行った。その可能性が非常に高い指輪なんです。とすると、あなたが、カルチェの店から買って、殺された被害者、平沼恵子に与えた指輪と、まったく同じものだという可能性が、高いんです。もう一度、よく見てください。あなたが、プレゼントしたものと同じですか？　それとも違いますか？」

「何ともいえません。よく似ているとだけしか、いえません」

と、片岡は、慎重な、いい方をした。

「では、別なことを、おききしますが、カルチェのエメラルドの指輪ですが、いつ、被害者の平沼恵子に、プレゼントされたんですか？」

と、綾が、きいた。

「確か、去年の十月の、彼女の誕生日に、贈ったものだと思います」

と、片岡が、いった。

「その時、指輪の裏に、カルチェの店に文字を彫ってもらったんじゃありませんか？」

と、綾が、きいた。

「確かに、頼みました」

「何と彫ってもらったのですか？」

と、綾が、きいた。

「平凡な言葉ですよ。お誕生日おめでとう、そう彫ってもらったんです」

「そのほかの文字も、彫ってもらったんじゃありませんか？　お誕生日おめでとう、そして、あなたと彼女の名前のイニシャルです。よくそういうことを、するじゃありませんか？　誰々から誰々にっていう文字ですよ。ですから、その時、あなたは、エメラルドの指輪の裏に（お誕生日おめでとう、ＫからＫへ）、おそらく、そう彫って、もらったんじゃありませんか？　カルチェの店の人が、そういって、いるんですけどね」

と、綾が、いった。

「そうでした。忘れていました。確かに、そう彫ってもらいました」

片岡は、渋々認めた。

「では、もう一度、その指輪を、見てください。その指輪には、裏に、その文字が彫ってありますか？」

「いや、彫ってありません」

と、片岡は、いった。

「さっき、証人は、このエメラルドの指輪は、よく似ているが、自分が、被害者にプレゼントしたものではない、そういわれましたが、その理由は、その指輪に、自分の彫ってもらった文字、お誕生日おめでとう、ＫからＫへ、という文字がなかったから、違う指輪だと確信なさったんじゃありませんか？」

と、綾が、きいた。

「そうですね。そうかも、知れません。しかし、そのことと事件とは、どういう、関係があるんでしょうか？」

「いや、それだけ、おききすれば、十分です。もう一度、同じことを、おききしますが、その指輪を見た時、あなたは、これは違うとおっしゃいました。それは、指輪の裏に、自分の彫ってもらった文字が、なかったからですか、それとも、見た途端に、これは別のものだと直感したのでしょうか、どちらですか？」

と、綾が、きいた。

「そうですね。いろいろと、理由があります。今もいったように、指輪の裏に、文字がなかったことも、ありますが、しかし、私は、別に指輪を、コレクションしているわけではありませんが、高価な品物、特に、ブランドの品物を見るのが、好きなんですよ。そうした目を養っていますから、見た瞬間に、アッ、これは違うなと感じたのです。それも、あります」

と、片岡は、いった。

「しかし、それは、ちょっとおかしいんじゃありませんか？　宝石の専門家が見ても、あなたが買った、エメラルドの指輪と、今そこにあるエメラルドの指輪とは、まったく、区別がつかない、これは宝石の専門家が、いっているんです。あなたは、宝石の専門家ではない。それなのに、見た瞬間、あなたは、すぐに、これは、別のものだと感じられたのでしょうか？」

綾がまた、食い下がった。

「ですから、さっきから、いっているじゃありませんか？　指輪の裏に彫刻がなかった、だから違うと思ったって」

「しかし、最初に、あなたに、その指輪を渡した時、あなたは、指輪の裏を、見ようともしなかった。そして、簡単に、『これは違います。よく似ていますが、違う』、そうおっしゃったんですよ」

綾が、いった。

「違うから、違うといったんですけど、それのどこが、おかしいんでしょうか？」

と、片岡は、眉を寄せて、弁護士の綾を睨んだ。

「今もいったように、二つのエメラルドの指輪は、専門家が見ても、区別がつかないのだそうです。それなのに、あなたは、見た瞬間、違うとはっきり断定した。ということは、違うことを、最初から知っていらっしゃったんじゃないですか？」

と、綾が、いった。

「異議あり！」

検事が、声を上げた。

「弁護人の質問の理由が、よくわかりません」

と、検事が、いう。

「弁護人は、何のために、その指輪に、こだわっているんですか？　いったい何を、証明したいんですか？」

と、裁判官が、きいた。

「私は、この事件でいくつかの疑問点を感じています。その一つが、被害者の死体には、高価なブルガリの腕時計は、そのままはまっていたのに、エメラルドの指輪が、指から、抜き取られていたことです。なぜ、平沼恵子を殺した犯人は、指輪は取ったのに、ブルガリの腕時計は、そのままにしておいたのか、私には、それが疑問だったのです。それについて、警察は、こう考えて、おられるようです。犯人である被告人の沢田圭介が、エメラルドの指輪を抜き取って、お金に換えたのではないか。確かに、一千万円近くもするような、指輪ですから、高く売れるはずです。それに比べて、ブルガリの腕時計のほうは、そう高くは、売れない。それで、被告人が、エメラルドの指輪だけを、どこかで換金して、そのお金を持って、逃亡したのではないか、警察は、そういう考えを、持っておられます。しかし、いくら調べても、被告人の沢田圭介が、どこかで、エメラルドの指輪を、換金したという事実は、見つからないのです。私は、私立探偵を雇って、青森市内の質店あるいは宝石店を、片っ端から、調べてもらいました。しかし、沢田圭介が、エメラルドの指輪を売ったという事実は、見つからないのです。それで、私は、こう考えました。最初から死体には、エメラルドの指輪が、はまっていなかったのではないか。とすると、被告人が、指輪を抜き取った事実が、ないこともわかってきます。では、どうして、被害者、平沼恵子の左手の指からエメラルドの指輪が、消えていたのか。それは、こう考えるより、仕方がないのです。この事件には、真犯人がいて、その真犯人が、被害者の平沼恵子を殺した後、そのエメラルドの、指輪を抜き取ってしまったに違いない。とすると、なぜ、真犯人は、そんなことをしたのか。それは、その指輪があると、自分に疑いがかかってくる。そう思ったので、真犯人は指輪を抜き取ってしまった。私は、そう考えました。なぜ、そんなことを、したのかというと、購入された、その指輪の裏には、その指輪を、被害者に贈った、贈り主の名前が書かれていたからです。その名前を隠そうとして、真犯人は、ブルガリの腕時計のほうは、残しておいたが、エメラルドの指輪は抜き取ってしまった。私は、そう考えざるを得ないのです」

と、綾は、いった。

「異議あり！」

と、また、検事が、いった。

「今の弁護人の推論は、あくまでも推論であって、何の証拠もありません」

と、検事が、いった。

「異議を認めます」

と、裁判官が、いった。

2

「少しばかり、あの女弁護士は、点を稼ぎましたね」

と、亀井が、法廷を出たところで、十津川に、いった。

「確かに、少しは点を、稼いだが、ほんのわずかだよ。あれでは、とても、逆転したとはいえない」

と、十津川が、いった。

「確かに、警部のいわれる通りですが、しかし、あれで、弁護士の三宅綾の、狙いがわかりました」

と、亀井が、いった。

「彼女は、真犯人は、片岡興業の、片岡社長だと思っているんですよ。これからもたぶん、片岡社長に、狙いをつけて、攻めていくんじゃありませんかね？」

「その点は、同感だが、しかし、なにぶんにも、戦う武器があまりにも少なすぎるね。エメラルドの指輪は、確かに一つのヒントにはなると思うが、しかし、犯人が、片岡興業の社長だという証拠には、とてもならないね」

と、十津川は、いった。

その日の午後、三宅綾は、証人として、福原敏子という、七十歳の女性を、出廷させた。

十津川の知らなかった女性だった。そのことにまず、十津川は、興味を持った。

敏子は、いやに、青白い顔をした小柄な女性だった。

「あなたは、現在、どこにお住まいですか？」

と、綾が、きいた。

「青森市内に、マンションを借りて、そこに住んでいます」

と、証人が、答える。

「職業は、何ですか？」

と、綾が、きいた。

「小さな喫茶店を、一人でやっています」

「喫茶店のほかに、何かやっていることはありませんか？」

「別に、職業として、やっているわけではありませんが、いろいろと、人生相談などに来る人がいます。それについて、お話をしているうちに、私のいうことが、よく当たるといわれて、喫茶店の商売よりも、人生相談のほうが、最近は、多くなっています」

と、いった。

「あなたのいうことが、よく当たるといわれるようになったのは、いつ頃からですか？」

「私が、六十歳になった頃からですから、今から十年ほど前になります」

「あなたは、被害者の平沼恵子さんを、知っていますか？」

と、綾が、きいた。

「知っています」

「どうして、知っているのですか？」

「今年になってから、何度か、ウチの店に来て、いろいろと、相談を受けたことが、ありますから」

「彼女は、あなたに、どんな、相談をしたのでしょうか？」

「最初、私のやっている喫茶店に来た時、彼女は、こういいました。『自分は今、青森市内のクラブで、働いていて、ある有名な会社の社長さんとつき合っている。その社長さんは、自分のことを、愛してくれていて、経済的にも、いろいろと援助をしてくれているのだが、自分も現在二十五歳になって、これからのことが、不安になってきた。いくら、その社長さんがよくしてくれても、所詮は二号であることには、変わりがない。自分には、もっと大きな野心がある。そのために、これからどうしたらいいのかを、教えて欲しい』、彼女は、そういったんです」

「それに対して、あなたは、どう、答えたんですか？」

と、綾が、きいた。

「私は、人相も、見ますので、彼女の顔をじっと見ました。すると、彼女の中で、二つの力が、激しく争っているのが、見えたんです。優しさと、激しい野心とでもいいますか、男に尽くすという気持ちと、男の厄介になっているのは、耐えられないという野心家の気持ちとが、彼女の中で、激しく争っているのが、見えたんです。そして、彼女自身もいっていましたが、二十五歳になった今、野心のほうが、強くなっている、そう感じました」

「それで、あなたは、どんな忠告を、被害者に与えたのですか？」

「見たままをいいましたよ。あなたの中で、野心は、ますます、大きくなっていき、現状に我慢できなくなって、いつか、自分を、庇護してくれている社長さんを憎むことに、なってしまう。そう忠告したんです」

「その忠告をきいて、彼女は、どうしたんですか？」

「しばらく、考えていましたが、その日は帰りました。自分でも、決心が、つきかねたのでしょう」

「そして、その後また、彼女が、来たんですね？」

「そうです。一週間ぐらい、経ってから、また彼女が現れました」

「その時、彼女は、どういったんですか？」

「その時、彼女は、こういいました。『あれから、家に帰って、いろいろと考えてみた。確かに、今のままでは、我慢ができない。自立して、華やかに生活したい。水商売でも、どんな商売でもいいから、成功したい』というんですよ。そして、『大きな店を持ち、大きな家に住み、そして、大きな財産を、手に入れたい』、そういうんですよ」

「それで、あなたは、何といったんですか？」

「野心は結構だが、それが、うまく行くとは限らない。そのことを、冷静に考えなさい。あなたは、現在、社長さんからいろいろと、経済的な援助を受けている。自分の野心のために、社長と、縁を切りたいというのはわかるが、しかし、果たして、それが、うまく行くかどうかは、わからない。そのことを、冷静に考えなさい。少しばかり、抹香臭いお説教ですが、私は、そういいました。私のところに、相談に来る水商売の人は、たくさんいるのですが、大抵は、うまく行かないんですよ」

と、証人は、いった。

「それで、彼女は、あなたの忠告に対して、どう答えたのですか？」

と、綾が、きいた。

「『私は、お金も欲しいし、大きなお店も、持ちたいし、大きな家にも、住みたい。社長と呼ばれたい。そうした野心が、強くなるばかりで、どうしていいのか、わからなくなる。今のままでは、とても、我慢ができない』、そういうのですよ。そういう話を、きいているうちに、とても危険なものを、彼女の目の中に、見たような気がしたんです」

と、証人が、いった。

「あなたは、どんなものを、彼女の目の中に見たんですか？」

「彼女の中には、優しさと野心、素直さと傲慢さ、そういう、極端なものが、二つあるんですよ。そして、私と話している間に、その野心、傲慢さ、そうしたものが、どんどん大きくなるのを、私は感じました。この人は、危険なところにいる、そう思いました」

「もう少し、具体的に、いっていただけませんか？　あなたが感じた危険なものというのは、どういうものですか？」

「この女性は、今、野心ばかりが、どんどん大きくなって、その野心を、遂げるためなら、何でもするのではないか、私は、それを、感じたんですよ」

「何でもするというのは、たとえば、どんなことですか？」

「たとえば、そうですね、強請とか」

「つまり、それは、現在、彼女を、経済的に援助している社長を、恐喝するということですか？」

　と、綾が、きいた。

「その通りです。それまで彼女は、おそらく社長さんに感謝していたと思うのです。自分に経済的な援助を与えてくれ、いろいろなものを買ってくれる、そうした社長さんに対して、感謝していたに違いないのです。しかし、野心が強くなるにつれて、そうした、社長のいろいろな優しさを、逆手にとって、二人の関係を、恐喝に使うのではないか。大金を得るためには、そんなこともするようになるのではないか。彼女の目を見ているうちに、私は、そんな危険を感じました」

「あなたの、その予想というか、予見というか、それは、当たりましたか？」

と、綾が、きいた。

「残念ながら、当たりました」

「どうして、当たったと、わかったんですか？」

「三度目に、彼女が訪ねてきたからですよ。彼女は、意気軒昂(けんこう)として、私にこういいました。『覚悟を決めれば、どんなことでも、できるものだ。それがわかりました。これもすべて、あなたのお陰です』、彼女は、そういうのですよ。私は、それで、ききました。あなたは、ひょっとして、今まで、経済的な援助をしてくれた社長さんを恐喝したのじゃないのか、そうききました」

「彼女は、どう、答えたのですか？」

「彼女は、笑いましたね。『あんなに簡単に、社長が、大金を出してくれるとは、思わなかった』、そういったんです」

「つまり、彼女は、社長を恐喝して、大金を得た。そういったんですね？」

「その通りです。言葉は、穏やかでしたが、それは、はっきりと、いいましたよ」

「それで、あなたは、彼女に、どういったんですか？」

「私は、こうききました。曲がりなりにも、相手は、あなたに、経済的な援助をしてくれていた人でしょう？　誕生日には、高価なプレゼントもくれた。そういう人を、強請ったことに、心の痛みを、感じないのか、そうききました」

「それに対して、彼女は、どう答えましたか？」

「『確かに、社長は、私にいろいろと、買ってくれました。高価な、プレゼントもしてくれた。しかし、それは、あくまでも、私を大事にしてくれることとは、違っている。自分のいいなりになる女だから、それに対して、金を与えていた。それだけのことだから、自分が今、いくら社長から金を受け取ろうと、それは、自分にとって正当な報酬なんだ』、彼女は、そういいましたね」

「その後、彼女は、あなたを、訪ねてきたのですか？」

「いえ、それが、最後でした。その後、彼女が殺されたとききました」

「その時、どう思いましたか？」

「やはり、彼女は、自分の野心のために死んだ。これも、仕方のないことだと、思いました」

と、福原敏子は、いった。

3

検事が、反対尋問に、立った。

「あなたは、占い師ですか？」

と、検事が、きく。

「いいえ、占い師ではありません」

「では、霊能者ですか？」

「確かに、霊感は、人より強いとは、思いますけど、自分を霊能者だと、思ったことはありません」

「すると、あなたは、いったい、何者なんですか？」

「ただ、自分は、七十年生きてきた。それに、人よりも霊感があるし、また、人と多く接してきたので、人の気持ちを、読むのはうまいと思っています。それで、何人もの人が、人生相談みたいなことでやってくるので、それに、答えていただけです。それによって、料金をもらったことは、ありません」

「あなたは、今、自分には、霊感があって、人の心を、読むことができる。それで、人生相談みたいなことを、していたといわれましたが、いつも、あなたの霊感というか、予知というか、それは、当たっていたんですか？　一度も、外れたことはないんですか？」

と、検事が、きいた。

「それは、私にはわかりません。ただ、私は、自分の思ったままを、相手にいうだけですから」

と、敏子は、いった。

「とすると、外れる場合も、あるわけですね。相手が、何もいわないんだから。それとも、勝手に、あなたは、自分のいうことは、すべて、当たるんだ、そう思っていらっしゃるんですか？」

「そうは、いっていません。今もいったように、私は、ただ、自分の思う通りをいって、それを相手が、どう受け止めるか、それは、相手の自由ですから」

「では、被害者の、平沼恵子さんについてききますが、彼女は、いつ、あなたのところに、来たのですか？」

「確か、今年の正月でした。一月十二日か十三日頃だったと、思います」

「その時、彼女は、こういったんですね。『今まで、片岡社長の経済的な、援助を受けていた。しかし、今は、それだけでは、飽き足らない。自分は野心家である。その野心を、満足させるためには、どうしたらいいか』と、あなたに相談したのですね？」

「そうでしたね」

「その時のあなたは、彼女の中に、二つの力があるのを見た。そういわれましたね」

「そうです。素直さと、傲慢さ、優しさと、野心、そうした二つの力が、彼女の中で、戦っているんです。そのことが、よくわかりました。だから、危ないなと、思ったんです」

「それで、あなたは、平沼恵子に、忠告したのですね？」

「はい、そうです。野心を持つのは構わないが、野心というのは、時として、自分を、滅ぼしてしまうこともある。だから、そのことに気をつけなさいといいました」

「ところが、彼女は、あなたの忠告をきかなかった。そうですね？」

「ええ、三回目に来た時に、それが、わかりました」

「わかったというのは、どういうことですか？」

「明らかに、彼女は、今までお世話になっていた、社長さんを脅迫したのです。そして、大金を手に入れた。それを、彼女が、自分の口で、いいましたから、わかりました」

「しかし、社長を強請って、いくら大金を手に入れたのか、具体的な金額をあなたに、いいましたか？」

と、検事が、きいた。

「いいえ、いくらということは、いいませんでした」

「それでは、本当に、強請ったかどうか、わからないじゃないですか？」

と、検事が、きいた。

「でも、彼女自身、強請ったといいましたし、彼女の目を、見ていたら、それが、わかりました。野心のためなら、この女は何でもする、それがわかったんです」

「つまり、霊感で、わかったということですか？」

「かも知れませんし、私の長い人生で、人を見る目が、できていましたから」

と、敏子証人は、いった。

「しかし、ひどく、曖昧な証言ですね。霊感かも知れないし、人を見る目が、できていたともいう。しかし、それは、確証のあることでは、ありませんね？　あなたが、勝手に、自分で、そう思っているだけでは、ありませんか？」

と、検事が、皮肉ないい方をした。

「そうかも、知れませんけど、私には、自信がありました」

「人間というものは、誰だって、野心を持っているものじゃありませんか？　だから、あなたが、野心があるといえば、それはまず、当たりますね。野心のない人間なんて、いないんだから」

と、検事が、いった。

「でも、身分不相応な、野心を持っているものは、それが、顔に表れるんです。彼女が、まさにそうでした。彼女は、自分の力以上の野心を、持っていました。だから、私は、危険だと思ったのです」

と、証人は、いった。

「それは、あくまでも、あなたの一方的な想像でしょう？　三度目に会った時、平沼恵子は、社長を、脅かして大金をつかんだといったが、その額を、あなたにはいわなかった。そうですね？」

「ええ、その通りです」

「その大金を、手にして、自分で店を持つ、そういう確約がある、そういうことは、いったのですか？」

「いいえ、そういう話は、しませんでした」

「では、青森市内に、大きな家を建てた。そういうことも、いったんですか？」

「いいえ、その話も、ありません」

「では、大金を手にして、高価な宝石を手に入れたといって、あなたに何千万円もする宝石を見せましたか？」

「いいえ、そういう宝石の話も、彼女は、しませんでした」

「では、具体的には、何の話もなかったんですね？　ただ単に、社長を、脅かして大金を手にした。そういう言葉を、口にしただけで、具体的な話は、何もなかった。そういうことですね？」

と、検事は、念を押した。

「その通りですが、しかし、今もいったように、私には、わかりました。この女は、危険なところがある。自分の野心で、自分を滅ぼしてしまうのではないか、それをとても、感じました」

と、証人は、いった。

「それは、あくまでも、あなたの勝手な推理ですね。証拠は、あるのですか？」

「証拠はありませんけど、彼女が、大金を手に入れるには、自分と社長さんの関係で、強請るより仕方がないんですよ」

「以上です」

と、検事は、いった。

4

その日、旅館に戻ると、亀井が、

「また、あの女弁護士は、少し、点を稼ぎましたね」

と、十津川に、いった。

「いやに、嬉しそうにいうね」

と、十津川が、笑った。

「判官贔屓ですよ。裁判が始まる前、あまりにも、弁護側が劣勢に見えましたからね。これじゃあ、絶対に、勝ち目がない。そう思っていたから、あの女弁護士も、なかなかやるじゃないか、そう思っただけです」

と、亀井が、いった。

「今日の、あの証人の証言を、カメさんは、どう思ったね？」

と、十津川が、きいた。

十津川自身も、今日の公判での、証人の証言が、面白かったからである。

「なかなか、面白い証言でしたよ。もし、あれが事実ならば、片岡興業の片岡社長には、被害者の平沼恵子を殺す動機があったことになってきますからね。ただ、あの法廷での証言は、面白かったですが、果たして、証拠能力があるか、裁判官が、どう受け取るか、それが、問題だと思いますね」

と、亀井が、いった。

「しかし、カメさんも、あの証人の話が、面白かったんだろう？」

「ええ、確かに、面白かったですよ。ああいう女性に、以前、会ったことが、ありますから」

と、亀井が、いった。

「カメさんは、ああいう人物に、会ったことがあるのか？」

「ええ、会ったことが、あるんです。学問なんて、まったくない老婆なんですが、妙に、人を見抜く目が、あるんですよ。あれはどういうんでしょうか、霊感というんでしょうか、それとも人生経験というのか、それで、そのおばあさんのところに、人生相談に行く人が、絶えませんでしたね。それが、また、よく当たるという評判でした。そういう人が、時々いるもんなんですよ」

と、亀井が、いった。

「しかし、カメさんは、証拠能力は、不明だといったね？」

と、十津川が、いった。

「そうです。法廷では、霊感とか、人生経験とか、そういうものには、証拠能力は、あまりありませんからね」

「しかし、カメさんは、あの証人を、信用しているんだろう？」

「信用しているというよりも、証言が面白かったんです」

と、亀井が、いった。

「どうだろう、私はもう、公判で、証人として呼ばれることもないと思うし、これからは、自由だから、二人で、あの証人に、会いに行こうじゃないか」

と、十津川は、いった。

「会って、どうするつもりなんですか、警部は？」

「本当に、あの証人のいうことが、当たるものなのかどうか、霊感があるのかどうか、あるいは人生経験が、彼女に、人を見る目を、持たせたのかどうか、私もそれが、知りたいんだよ」

と、十津川は、いった。

「じゃあ、明日にでも、会いに行こうじゃありませんか？　確か、青森市内のどこかで、小さな喫茶店をやっているといっていましたね。そこへ行ってみましょう」

と、亀井が、急に、乗り気になって、いった。

5

十津川と亀井は、問題の喫茶店を探して回った。

やっと見つけて行ってみると、確かに、小さくて、汚い喫茶店だった。

福原敏子に会う前に、二人はまず、近所で、彼女の評判をきいてみた。

彼女が、よくラーメンを、食べに来るという中華料理店の店主は、二人の刑事の質

問に対して、

「確かに、あの人のいうことは、よく当たりますよ。私も、運勢を、見てもらったことがありますが、当たりましたね」

と、店主は、いった。

「しかし、お金は、取らないそうですね？」

と、十津川が、きいた。

「ええ、お金は、取りませんね。ただ、あの店に行って、コーヒーを飲んで、そのついでに、きくと、ちゃんと、見てくれるんですよ」

「しかし、彼女のいうことが、よく当たるのなら、どうして、あんなに、小さな汚い喫茶店をやっているんですかね。商売だけは、うまく行かないんですかね？」

と、亀井が、きいた。

中華料理店の店主は、笑って、

「自分のことは、当たらないと、よくいうじゃありませんか？　あの人も、自分のことは、当たらないんじゃないかな。ただ、あの人はいい人だし、タダで、運勢は見てもらえるし、それに、よく当たるというので、特に、水商売関係の人が、相談に来るそうですよ」

と、いった。

ラーメンを食べ終わってから、二人は、喫茶店に入っていった。

客の姿はなくて、カウンターの向こうに、彼女が一人でいた。

一見、どこにでもいる小柄で、普通のおばあさんに見える。

二人は、カウンターで、コーヒーを、注文してから、

「昨日、実は、あの裁判を、傍聴席から見ていたんですよ」

と、十津川が、いった。

「そうですか。じゃあ、事件の関係者の方ですか？」

と、敏子が、きく。

十津川は、その質問には、答えず、

「昨日の、弁護士とのやり取りは、面白かった。あなたの証言が、面白かったんですよ。それで、いろいろと、おききしたいこともありましてね」

と、十津川が、いった。

「何をききたいのでしょうか？」

「あなたは、殺された、平沼恵子さんに、三回会われている」

「ええ、三回、会いました」

「法廷でしゃべったことは、本当なんでしょうか？　彼女が初めて来た時、彼女の中で、二つの力が、戦っている。優しさと、野心、素直さと傲慢さが、戦っていて、野

心や傲慢さのほうが、どんどん大きくなっていくのが見えた。あなたは、そういいましたが、本当に、見えたんですか？」

と、十津川は、きいた。

敏子は、笑って、

「あの時、確か、検事さんも、同じ質問をなさったはずですよ。あなたは、本当にわかったのかとね。でも、私には、見えたんです」

と、いった。

「その見えたというのが、私には、よくわからないんですが、どんなふうに、見えるんですかね？」

と、亀井が、きいた。

「どういったらいいのかしら、野心とか、傲慢さとか、優しさとか、素直さとか、そういう字が、見えるわけじゃありません。でも、この人は、そういう二つの力が、戦っている人だ。そして今、どちらかといえば、野心や傲慢さのほうが、強くなっている。そうした力を、持て余している、私には、それがはっきりと、わかったんです」

と、敏子は、いった。

「そして、三度目に来た時、彼女は、片岡社長を、強請ったと、あなたにいったんですね？」

「強請るという言葉は使いませんでしたけど、簡単に、お金がもらえたとは、いいました。ですから、彼女が、社長さんを強請ったことは間違いないです。黙っていて、社長さんがお金をくれるわけは、ありませんものね」

と、敏子は、笑った。

「どうしても、あなたが、見えたということが、よく、わからないのですがね」

「困りましたわね。見えたものは、仕方ないんですよ」

「では、あなたから見て、私はどう、見えますか？」

と、十津川が、きいた。

「それは、お客さんの性格を読め、そうおっしゃるのでしょうか？」

と、敏子が、きいた。

「そうですね。私の性格でもいい。私は、どんな性格に、見えますか？」

と、十津川は、きいた。

「そうですね」

と、いいながら、敏子は、じっと、十津川の顔を見ていたが、

「あまのじゃく」

と、いった。

「あまのじゃくって、何ですか？」

「あまのじゃくなんですよ、あなたは。何かのことについて、あなたは、答えを見つけ出す。答えが見つかったことに、一応、喜ぶんですけど、そのことについて、また、あなたは、ひょっとすると、この答えは、間違っているんじゃないか、そんなふうに、考えてしまう。そして、違っていたら、面白いとも、思ってしまう。だから、あまのじゃく」

と、敏子は、笑った。

「なるほど、私は、あまのじゃくですか」

と、十津川も、笑ってから、

「もう一つ、おききしたいのですが、法廷であなたは、被告人席にいる青年も、見ましたね？」

と、きいた。

「ええ、イヤでも、被告人席が見えますものね」

「あの青年について、あなたは、どう思われましたか？　正直なところを、いってくれませんか？」

と、十津川は、きいた。

「でも、私は、あの被告人を、じっと、長い間見ていたわけではないし、弁護士や検事さんの質問に、答えていましたから」

と、敏子は、いった。

「それでもいいんですよ。直感でもいいんです。あの青年のことを、あなたは、どう思いましたか？」

と、十津川が、きいた。

「今もいったように、よく見ていたわけではありませんが、あの人は、世の中を、甘く見ていますね。それだけは、はっきりといえますよ。もう少し謙虚にならなくては、いけません」

と、敏子は、強い口調で、いった。

「あの青年は、沢田圭介といいましてね。現在、平沼恵子さんを、殺した容疑で、逮捕され、裁判にかけられているのです。あなたの目から見て、あの青年が、平沼恵子さんを、殺したと思いますか？　殺人を犯した青年に、見えましたか？」

と、十津川が、きいた。

「でも、それを、決めるのは、裁判官じゃないんですか？　それならば、私が、あれこれということもないと、思いますけど」

と、敏子が、いった。

「確かに、決めるのは、裁判官ですが、あなたも、証人として出廷したのですから、あの青年について、自分の気持ちを、感じたままにいう権利があるんですよ。あなたの目から見て、彼が犯人に、見えましたか？」

と、十津川が、きいた。

「これは、笑わないで、きいて頂きたいんですけどね」

と、敏子が、いった。

「もちろん笑いませんよ。ですから、正直にいってください」

と、十津川が、いった。

「あの被告人席を見た時、あの若い男の人の、肩のところに、女性の顔が、見えたんですよ」

と、敏子が、いった。

「その女性って、平沼恵子さんですか？」

「ええ、間違いなく、彼女でした」

「よくわからないんですが、あの被告人席の沢田圭介の、肩のところに、彼女の顔が見えた。それは、どういうことを、意味しているんですか？」

と、十津川が、戸惑いながら、きいた。

「私にも、わかりません。でも、彼女の顔が見えたんです。それが、何を意味するのか、私自身にも、わかりませんよ」

と、敏子が、いった。

第六章　密　告

1

主任弁護士の三宅綾には、寺田法律事務所から、若手の男の弁護士が一人サポートについている。

その中尾弁護士が、

「妙な電話がかかっているよ」

と、綾に、いって、スピーカーにつないだ。

スピーカーから、女の声が流れてくる。

「弁護士さんに、面白い情報を、提供してあげるよ。きっと、今度の裁判に、役立つと思うからね」

「あなたの名前を、教えてください」

三宅綾が、いった。

「それは、ダメだよ」

電話の向うで、女が、笑う。

「じゃあ、何者なの？」

「そうだね。片岡興業の社長と、つき合いのある女とでも、いっておこうかしら」

「片岡社長は、女の人に、モテるそうだけど、その社長とつき合っている、女性たちの中の、一人ということ？」

「まあ、そんなところだね」

「あなたが、教えてくれる情報というのは、どんなこと？」

「殺された平沼恵子の、指にはまっていた、大きなエメラルドの指輪だけど、そのことを、弁護士さんも、問題にしたよね。実はね、あたし、あのエメラルドの指輪が、今どこにあるのか、知っているんだよ」

「どうして、知っているのですか？」

「どうしてったって、あの殺人事件の、本当の犯人は、片岡社長。弁護士さんだって、そう思っているんだろう？」

「でも、証拠がないわ」

「だから、その証拠が、エメラルドの指輪なのよ。片岡社長は、平沼恵子を、殺した時、あの指輪を、抜き取ったんだよ。どうしてかって、あの指輪にはね、片岡社長のイニシャルやメッセージが、彫ってあったからさ。それを調べられて、自分と、殺された平沼恵子との仲が、深いことがわかれば、警察に、疑われるじゃないの。だから、あわてて、その指輪を、抜き取ったんだけどさ、それを、落としちゃったんだよ」

「それ、本当のことなの？」

「もちろん、本当だよ。だから、必死になって、片岡社長は、指輪の行方を探しているのさ。それで、片岡社長はね、東京の何とかいう修理工場まで、探したんだよ。バカだよね、あんなところに、あるはずはないのに。でも、心配が高じると、人間って、あんなところまで、調べて、みるんだろうね」

「じゃあ、東京の、太鼓の修理をやる工場に、誰かが、忍び込んだんだけど、その犯人は、片岡社長だったの？」

「それはないわ。いくら何でも、あの社長が、自分で、行くもんですか。誰か、人をやって、探しに、行かせただけ」

と、女が、いった。

「それで、あなたは、問題の、エメラルドの指輪が今、どこにあるのか、知っているのね？」

綾が、きいた。

「ええ、知っているよ」

「じゃあ、それがどこにあるのか、教えてちょうだい」

なら、売ってあげてもいいけど。明日まで、考えてちょうだい。明日また、連絡するわ」

2

女の電話は、それで、終わっていた。

「どう思う？」

綾は、中尾にきいた。

「明らかに、この女は、普通の声じゃないな。変声機を、使っているよ。だから、少し、声が変に、きこえるんだ」

中尾が、したり顔で、いった。

「私も、そのことには、すぐ気がついたわ。問題は、彼女がいったことが、信じられるか、どうかということだけど、どうかしら？　信用が、置けると思う？」

「簡単には、判断できないな」

と、中尾はいう。

「もし、今の女の話が本当なら、裁判の進行には、間違いなく、有利に働くわ」

綾が、いった。

「今、どのくらいの、確率で裁判に、勝てると思う？」

「そうだな。われわれは、よくやっていると、思うんだが、冷静に見て、まだ六対四で、検事側が、有利だろう。だから、どうしても、今の女の証言は欲しいし、問題のエメラルドが、今、どこにあるのかも、知りたいね。もし、それが本当のことで、こちらの証拠になってくれれば、間違いなく、逆転できる」

と、中尾は、いった。その後、続けて、

「確かに、今度の公判で、エメラルドの指輪は、一つのカギに、なっている。それは、間違いないんだ。最初、沢田圭介が、犯人で、平沼恵子を、殺した後、エメラルドの指輪を、抜き取ったとすれば、それは明らかに、金にしようと思って、抜き取ったと思った。しかし、いくら調べても、彼が、エメラルドの指輪を、売ったという証拠がなかった。そこで、今度は、犯人は、被害者と関係のあった、片岡社長ではないか、そう思って、君が、公判で、片岡社長を追及したんだ」

「そうなのよ。私は、片岡社長が、犯人なら、自分のイニシャルの入った、エメラルドの指輪を、後で問題になるので、抜き取ったと思った。だから、エメラルドの指輪は、片岡社長が、持っていると思ったの。だけど、法廷で質問をしているうちに、片岡社長が、不安そうな顔をしているのに、気がついたわ。ひょっとすると、片岡社長は、肝心の、エメラルドの指輪を、持っていないんじゃないか、そう思ったんだけど、でも、そうなると、片岡社長犯人説が、崩れてしまう。それで、どう考えていいのか、迷っていたんだけど、今の女の話で、辻褄が合ってきた。だから、私は、ある程度、今の女の話には、真実性があると、思っているんだけど」

と、綾が、いった。

「それに、東京の太鼓の修理工場で、事件の後、何も、金目のものがない工場に、深夜、賊が、忍び込んで、探し回った。その理由も、わかってくると思うの。あれは、今の女がいったように、片岡社長が、必死になって、エメラルドの指輪を、探し回っている、その証拠かも知れない。私は、そう思うわ」

「僕も、君の意見に賛成だ」

と、中尾が、いった。

「三対一で、女の電話は、信用できる。だから、彼女の証言を、買い取るのが利口だと、思うんだが、しかし、いくら何でも、千万単位の金は、出せないよ。ウチの事務所は貧乏だし、被告人の、沢田圭介は、十万円の金だって、出せないに決まっている。今の女性の証言が欲しくても、金がないんだ」

「裁判所に、申請して、強制的に、エメラルドの指輪を提出させたら、どうかしら？」

「それも無理だろう。第一、今電話してきた女が、どこの誰だかも、わからないんだ。

裁判所の命令だって、どこの誰とも、わからない相手に対しては、出すことは、できないだろう」

中尾が冷静な口調で、いった。

「その金額、何とかならないかしら？」

と、綾が、いう。

「どう考えても、無理だよ。ウチの法律事務所は、貧乏だしね。被告人もそれに輪をかけて貧乏人だ。僕と君が、小遣いを、はたいて、出し合ったって、せいぜい、三、四十万円にしかならないだろう。とてもじゃないが、一千万円なんて、無理だね」

と、中尾が、いった。

「もし、私たちが、買わなければ、彼女は、どこに、売るつもりかしら？」

「それは、決まっているよ。片岡社長だよ。片岡社長なら、何千万円でも、払うんじゃないのか？」

「でも、そうすると、ちょっとおかしいな。中尾さんがいうように、確かに、片岡社長なら、何千万でも払うと思う。でも、それなら、どうして、彼女は、片岡社長のところに行く前に、ウチに、話を持ってきたのかしら？」

綾が、首を傾げた。

「それはだな、彼女は、金は欲しいが、市民の、義務みたいなものも、少しは、感じているんじゃないかな。だから一応、ウチにも、電話をしてきた。ウチが要求する通りの、金を払うなら、彼女にとっても、いちばんいい、買い手ということになるからね。金にもなるし、良心も、痛まない。片岡社長のほうは、金にはなるが、良心は痛む。それで、まずウチに、電話をしてきたんだと思うね」

3

三宅綾は、一応、自分の所属する、寺田法律事務所所長の寺田の携帯電話に、電話をかけた。そして今の電話のことを、話した。

「彼女が、何者かは、わかりませんけど、間違いなく、今度の事件について、詳しく、知っているようなんです。それに、彼女の情報を、手に入れることができれば、公判は、間違いなく、こちらの有利に、働きます。ただ、彼女は、（情報を提供してもいいけど、金が欲しい）といっているんです。どうしたら、いいでしょうか？」

綾は、寺田に、きいた。

「相手は、いくら欲しいと、いっているんだ？」

と、寺田が、きく。

「一千万円単位だと、いっています。おそらく、三、四千万ぐらいのことは、いうと思うんですけど」

「それは、無理だ」

寺田は、言下に、いった。

「君も、よく知っている筈だが、ウチの事務所は、金がないので、有名でね。私が出せるとしても、せいぜい、二、三百万といったところだ。それ以上の金は、どう頑張っても、出せないよ」

「そうでしょうね。わかりました」

と、いって、綾は、電話を切った。

翌日の夜になって、女からまた、電話がかかってきた。

相変わらず、声がおかしいのは、変声機を、使っているのだろう。

「どう、あたしの情報を、買う気になった？」

「いくらで、売るつもり？」

と、綾が、きいた。

「それは、昨日いったはずだよ。最低でも一千万円、できたら五千万円ぐらいで、買って欲しいな。そのくらいの価値は、ある情報だと、思うよ」

と、女が、ふっかけてきた。

「残念だけど、そんな大金は、出せないの。それより、あなたの証言で、無実の青年が、助かるのよ。そのことで、満足できない？」

綾が、きいた。

「あたしはね、そんなに、人のいい女じゃないの。お金が欲しくて、今日まで、必死になって頑張ってきた。だから、こんな、めったにない、チャンスには、大金が欲しい。それでも一応、弁護士さんに、話したほうがいい、そう思って、電話したんだよ。いくらなら、払えるの？」

「そうね、奮発して、三百万円。どう、それで、売ってくれないかしら？」

「話にならないよ。一桁違うよ。残念だけど、もう、この交渉は、終わり」

女はそういって、電話を、切ってしまった。

「やっぱりダメか」

と、中尾は、舌打ちして、

「いっそ、警察に、今の電話のことを、話したらどうだろう？　こういう証人がいて、証拠を持っている。警察の力で、何とか、この証人を見つけ出して、その、エメラルドの指輪を、証拠品として、押さえて欲しい。そういって、警察か、検事に、頼んだらどうだろうか？」

「いや、それは無理だわ。何しろ、彼女の名前も住所も、わからないし、彼女が、問題の指輪を、間違いなく、持っているという証拠もない。検事や警察に話したって、信用してくれないわ」

と、綾は、いった。

問題は、電話をしてきた女が、いったい、何者なのかということ、そして、本当に、エメラルドの指輪の行方を、知っているのかと、いうことだった。

三宅綾は、その二つを、考えてみた。

「彼女のしゃべり方や、片岡社長のことを、よく知っていることからすると、どこかの、クラブのホステスか、ママさんじゃないかと思うの。片岡社長は、そんな女を、何人も、知っているみたいだから、たぶん、片岡社長がつき合っていた、そういうクラブの、ホステスか、ママさんね。私は、そう思うんだけど」

と、綾が、いうと、中尾は、うなずいて、

「僕も、その説には、賛成だ。それも、ごく親しくしている女性だから、片岡社長のほうも、つい、うっかりして、酒を飲んだ時か、何かに、エメラルドの指輪を、探しているんだみたいなことを、いってしまったんじゃないだろうか？」

「それで、片岡社長が、犯人かどうかということ、なんだけど、その点はどう思う？」

「僕は、沢田圭介が、犯人でなければ、片岡社長が、犯人だと思うね。ほかに、平沼恵子を殺す動機を持っていた人間は、今のところ見当たらないからね」

と、中尾が、いった。

「それで、片岡社長が、犯人だとして、平沼恵子を殺した動機と、その方法だけど、その点は、どう思う?」

「動機のほうは、おそらく、君が、法廷で明らかにした、通りじゃないかなあ」

中尾が、いった。

殺された平沼恵子と、片岡社長とは、肉体関係があった。社長のほうは、恵子に惚れていたから、マンションを、買ってやったり、高価なエメラルドの指輪を、買ってやったりしていた。

恵子のほうは、最初はそれで満足していたが、そのうちに、欲が出てきた。自分の店を持ちたいと思ったり、男に頼らずに、自分一人の力で、生きていこうと考えた。

しかし、そのためには、金が要る。それも、大金がだ。

それで、彼女は、片岡社長を、脅迫した。片岡社長にしてみれば、今まで、大事に扱っていた女に、裏切られた感じで、それで、激怒したのだろう。

それが、たぶん、この殺人事件の、動機なのだ。

「片岡社長が、犯人だとして、どうやって、被害者の、平沼恵子を、殺したのかしら?」

「死体は、沢田圭介のマンションで、発見されたことに、なっているが、もちろん、片岡社長が、犯人ならば、殺人現場は、別のところにある。たとえば、平沼恵子のマンションで、殺したとする。しかし、そのマンションは、片岡社長が、買ってやったところだから、そこで、死体が発見されれば、まず、自分が、真っ先に疑われる。それで、いろいろと、考えたんだな。そして、沢田圭介のことを、思い出したんじゃないだろうか？　自分が、彼を、平沼恵子の働いているクラブに、連れていってやったんだが、その時に、沢田圭介が、平沼恵子に惚れたということを、感じていたんだ。だから、沢田圭介を、犯人にしてしまおう、そう考えたとしても、おかしくはない。そこで、彼女の死体を、沢田圭介のマンションまで、運んでいった。もちろん、沢田圭介が、留守だとわかっていてだよ。沢田圭介は、片岡興業で、社員として、働いているんだから、社長の片岡にしてみれば、沢田圭介が、仕事が終わるまで、自宅に、帰らないことはわかっている。だから、それまでに、死体を運んでいって、沢田圭介の部屋に、死体を放置したんだ。その時に、片岡社長は、死体の指に、はまっているエメラルドの指輪のことが、心配になった。自分のイニシャルが彫ってあるから、自分と、殺した、平沼恵子との関係が、すぐに疑われてしまう。それで、片岡社長は、指輪を、抜き取って、ポケットに、入れたんじゃないかと思う。そうやってから、社長は、自宅に戻ったのだが、その時になって、ポケットから、エメラルドの指輪が、なくなっていることに、気がついた。おそらく、沢田圭介のマンションの部屋で、動いている時に、ポケットから、落ちたのではないか、片岡社長は、そう思ったと思うね。しかし、その後、沢田圭介が、逮捕されてから、問題のエメラルドの指輪が、見つからないことが、公になった。それで、片岡社長は、一層、不安になってきたんだよ。妙なところで、それが見つかれば、殺人の、証拠になってしまうからね。それで、人を雇って、東京の、問題の修理工場まで、探しに、行かせたんじゃないかと思う。あいにく、宿直の社員が、いたので、その社員を刺して、逃げてしまった。警察も僕たちも、あの泥棒は、今回の事件とは、関係があるとは考えなかったが、今になってみれば、関係があることになってくる。いや、関係があったと、考えたほうが、自然なんだ」

「そうね」

「それで、電話の女が、どうして、エメラルドの指輪が、どこにあるかを、知っているんだろう？」

中尾が、きいた。

「それは、こんなことだと、思うの」

と、綾が、いう。

「これは、推測でしかないんだけど、電話の女も、片岡社長と、親しかったわけでしょう？　どこかの、クラブのママか、ホステスだとすれば、金で繋がっていたことに、なるわ。そういう女ならば、片岡社長が、平沼恵子に惚れていることに、ヤキモチを焼いていたのかも知れない。そこで、問題の日、片岡社長の後を、つけていたんじゃないかしら。そうしたら、片岡社長が、平沼恵子の死体を、沢田圭介のマンションまで、運んだのを見てしまった。その後も、片岡社長を尾行していたら、片岡社長が、ポロリと、問題のエメラルドの指輪を、落としてしまったんじゃないか、私は、そう考えるんだけど、少し、おかしいかな？」

「別に、おかしくはないよ。問題のエメラルドの指輪を、片岡社長が、ポケットに入れたとしても、その後、沢田圭介のマンションを、出て、停めておいた自分の車まで、行く間に、エメラルドの指輪を、落としてしまった。それに気がつかずに、片岡社長は、自宅に帰ったが、電話の女が、尾行していたとすれば、片岡社長が、落とした、エメラルドの指輪を、拾ったとしてもおかしくない。だから、今、エメラルドの指輪は、電話の女が、持っているんだ」

「でも、電話では、彼女は今、エメラルドの指輪が、どこにあるのかを知っているといったわ。まあ、自分が、持っているとは、いわないと、思うけど」

「つまり、彼女は、そのエメラルドの指輪を、どこに置こうと、自由なわけだよ」

と、中尾が、いった。

「たとえば、片岡社長の、愛車の床に置いておけば、片岡社長の容疑を、濃くすることができるし、片岡社長が、自分の店に飲みに来た時に、そっと、エメラルドの指輪を、片岡社長の背広のポケットに、入れておいたっていいんだ。だから、ウチに、電話をしてきた時には、問題のエメラルドの指輪を、どこで、発見させたらいちばんいいか、それを、考えながら、電話していたと思うね」

4

北国青森も、暑さが、厳しくなった。

県警の、木下警部からの電話で、十津川は、亀井と二人、再度青森を訪ねた。

青森で、木下警部に会うと、

「暑いですね。青森も、毎年、こんなに暑いんですか？」

と、十津川が、まず、いった。

木下は、笑って、

「まもなく、ねぶたですからね。当然暑くなりますよ。ただ、例年に比べて、今年は、暑さが厳しいように、思えますね」

「それで、何か、裁判で、進展があったようなことを、いわれましたけど、どんなことですか？」

と、十津川が、きいた。

「いや、公判そのものよりも、今度の裁判に関係した、人間の一人に、ちょっと、おかしな行動が、ありましてね」

木下が、いった。

「誰のことですか？」

「片岡興業の片岡社長ですよ」

「彼が、何か、おかしなことを、やったんですか？」

「自分の取引銀行から、急に、二千万円の大金を、下ろしたんです。これといった、必要も、ないのにですよ」

と、木下は、いった。

「二千万円ですか。大金ですね」

「そうです。大金です」

「それで、片岡社長自身は、何といっているんですか？」

「それとなく、きいてみたんですがね。何でも、ねぶたの製作に、金がかかるといっていました」

「片岡興業でも、ねぶたを、出すんですか？」

「あの会社は、毎年、ねぶたを、出しているんですよ。しかし、ねぶたの製作に急に二千万円かかったなんて話は、きいたことが、ないんですよ。普通、ねぶたというのは、前から製作に、取りかかっていますからね。ここに来て急に、二千万円が、必要になったとは、とても思えない」

「それで、木下さんは、どう思って、いるんですか？」

「だから、十津川さんにも来ていただいたんですよ。何か、妙なことに、その二千万円を使うのじゃないのか、そう思ったものですからね」

「つまり、誰かの口封じか、それとも、誰かに、脅迫されているか。木下さんは、そんなふうに考えられたんでしょう？」

「その通りです。もし、そうだとすると、ひょっとして、平沼恵子殺しは、沢田圭介が、犯人ではなくて、片岡社長が、犯人なのではないか、そんな考えも、浮かんできたりしましてね」

木下は、眉をひそめて、いった。

「そういえば、公判で、女弁護士は、片岡社長が、犯人みたいなことを、いっていましたね」

「ええ。しかし、片岡社長が、犯人であるはずはない。今もそう信じているし、沢田圭介が犯人であるという確信も、まだ、消えていません。ただ、ここへ来て、片岡社長が二千万円という大金を、突然、銀行から引き出して、誰かに、支払ったとすると、何か、後ろ暗いことがある。それも、今回の事件に関して、何かかくしているんじゃないか、そう思えて、仕方がないんですよ」

と、木下は、いった。

「片岡社長が、二千万円を、下ろした銀行は、わかっているんですか？」

「わかっています。M銀行の青森支店です」

「じゃあ、そこに行って、支店長から、詳しい話を、きこうじゃありませんか」

十津川が、いった。

十津川と亀井が、木下警部の、パトカーに同乗して、青森駅前にある、M銀行青森支店に、向かった。

車から降りて、銀行の中に入っていくと、そこには、弁護士の三宅綾がいた。

こちらも驚いたが、綾のほうも、十津川や木下警部を見て、ビックリした顔になった。だが、綾のほうは、急に、ニヤッと笑って、

「やっぱり、片岡社長の二千万円の件で、いらっしゃったんですね」

と、十津川と木下に、向かって、いった。

「弁護士さんもですか？」

十津川が、きいた。

「ええ、とても、大事なことですものね。私のほうは、もう、支店長さんから、話をききましたので、お先に、失礼します」

と、いって、三宅綾は、先に、銀行を出ていった。

その後で、十津川たちも、支店長に話をきいた。

「どうも困りましたね」

と、支店長は、本当に困った顔で、刑事たちを見た。

「何しろ、片岡興業の社長さんは、ウチの、昔からの、お得意さんですからね。その人のことについて、いろいろと、きかれるのは困るんですよ」

「しかし、答えていただかないと、こちらも困りますからね」

と、木下が、いった。

「それで、何を、お答えしたらいいんですか？」

支店長は、木下を見た。

「片岡社長が、昨日、二千万円を、突然下ろしたことは、間違いないんですね？」

「ええ、間違いありません。しかし、預金者が、自分の預金を下ろすのは、別に、おかしいことでも、何でもありませんよ」

「しかし、二千万円ですからね。それを現金で、二千万円を、片岡社長のところに、持っていったんですか？」

十津川が、きいた。

「そうですよ。昨日の午前中に、電話がかかってきて、（すぐ、二千万円の現金を、持ってきて欲しい）、そういわれたので、昼前に、持参しました」

と、支店長が、いった。

「その二千万円について、片岡社長は、あなたに、何かいっていませんでしたか？ たとえば、どんなことに、使うかと、いったことなんですが」

「いいえ、何もおっしゃいません」

「しかし、銀行というのは、二千万円もの、大金を、突然、引き下ろしたりすると、よくききますよね？ いったい、何にお使いになるんですかって。あなたは、きかなかったんですか？」

と、木下が、きいた。

「ええ、ききませんでした。何しろ、今もいいましたように、長年のお客さんですからね。それに、片岡興業ぐらいの会社なら、突然、二千万円ぐらいの、お金が必要になっても、おかしくありませんから、何もおききしませんでした」

「しかし、突然、二千万円持ってこいといったんでしょう？ それを、片岡興業という会社の、決済に、使うとは、とても思えませんね。もし、会社の決済に、使うのなら、月末でいいわけでしょう？」

「そういうことは、私には、わかりません。とにかく、お客さんから二千万円の現金を、持ってきて欲しいといわれたので、それを持参しただけですから」

支店長は、あくまでも頑なに、刑事たちに、いった。

「あなたが、現金で、二千万円持っていった時、片岡社長の様子は、どうでした？」

十津川が、きいた。

「様子といいますと？」

「嬉しそうだったか、それとも、いまいましそうにしていたか、まあ、そんなことですが」

「いや、普通でしたよ。片岡社長という人は、太っ腹な人ですから、二千万円ぐらいの、現金で、あたふたするとは、思えないんですよ。その通りでした」

と、支店長は、いった。

「電話で、二千万円持ってきてくれと、いったんですね？」

「ええ、そうです」

「何時までに、持ってこいと、その時間を、指定しましたか？」

「電話がかかってきたのが午前十時頃で、（昼までに、持ってきて欲しい）といわれたので、そのように、したんです」

と、支店長は、いった。

「つまり、時間を、区切ったわけですね？」

「確かに、そうなりますけど、しかし、それが、どうかしたんでしょうか？」

「午前十時に、電話をかけてきて、昼までに持ってこいといった。昼までに、二時間しかありませんね。とすると、急いで、持ってきて欲しい、急に要ることに、なったから、そういう意味が、含まれているんじゃ、ありませんか？」

亀井が、きいた。

「私どもとしては、そこまでは、考えませんでしたが」

「その二千万円は、バッグに、入れて持っていったんですか？」

「ええ、そうです。まさか、むき出しでは、持っていけませんから」

「その二千万円を、どこに、届けたんですか？　片岡興業の会社のほうですか、それとも、片岡社長の、自宅のほうですか？」

十津川が、きいた。

「ご自宅のほうです」

「なるほどね。自宅に、持ってこさせたんだ。ということは、会社の仕事で、使う金ではないということに、なってくる」

十津川は、いった。

「私たちの前に、三宅綾という、弁護士さんが来ていましたね？」

と、木下が、きいた。

「ええ、女の弁護士さんが、会いに来られました」

「彼女は、支店長のあなたに、何をきいたんでしょうか？」

「刑事さん方と同じように、二千万円のことですよ」

「弁護士さんは、その二千万円について、あなたに、どんなふうに、きいたんですか？」

「刑事さんと、同じことを、きいていましたね。その二千万円は、仕事で、使うんじゃないだろうかとか、仕事で、必要な金とは、思えないとか、どうして急に、必要になったのか、わかるかと、いったようなことを、弁護士さんは、きいて、いきましたよ」

「それで、あなたは、どう答えたんですか？」

「いいえ、何とも、答えませんよ。私どもは、その二千万円を、なぜ、片岡さんが、必要とされたのか、そんなことまで、いちいち考えていては、仕事に、なりませんからね。何回もいいますが、お客さんから二千万円を、下ろして、現金で持ってきて、欲しいといわれて、その通りにしただけですからね。それ以外のことは、何もわかりません。ですから、あの弁護士さんにも、私は、何もわからない、ただ、電話が、あったので、現金で二千万円を、お届けしただけだ。そう答えましたよ」

「それで、あの弁護士は、満足して、帰ったのですか？」

亀井が、きいた。

「そのあとも、くどく、いろいろと、きいていましたから、決して満足しては、お帰りに、ならなかったと思いますね」

「くどく、何をきいていたんですか？」

「片岡社長が、どうして、二千万円必要になったのか、そのことを、どうしても、知りたかったみたいですね。私に、そのことについて、何か、知っているんじゃないかと、何回もきかれましたから。でも、私は、何も知らない、そうお答えしました。実際に、その通りなんですから」

「片岡社長は、前にも、突然、こうした、大金を持参するようにと、支店長に、いってきたことが、あるんですか？」

十津川が、きいた。

「そんなに、たびたびは、ありませんでしたけど、去年でしたかね。突然、今回と、同じように、八百万円の現金を、持ってきて欲しいと、いわれて、お届けしたことが、ありますよ。その時も、お届けしたのは、会社のほうではなくて、片岡社長の、ご自宅のほうでした」

「その八百万円を、何に使ったのか、わかりますか？」

「その時は、何も、おっしゃいませんでしたけどね。後で、一緒に、飲んだことがあるんですよ。その時、笑いながら、打ち明けてくださいましてね。何でも、（つき合っている、女の誕生祝いに、何か、買ってやろうと思っていたが、うっかり、その誕生日を、忘れてしまっていた。それで、あわてて、八百万円の現金を、持ってきてもらって、それで、彼女に、指輪を買ってやった）、そういって、おられましたよ」

と、支店長は、いった。

「しかし、そうならば、片岡社長が、指輪を買って、その宝石店に、銀行のほうから、振り込ませればいいじゃないですか。それなのに、どうして、わざわざ、現金で持ってこさせたんだろう？」

木下が、いうと、支店長は、笑って、

「税金ですよ、税金。八百万もの、指輪を彼女に買ってあげれば、当然、そこに、贈与税がつくじゃありませんか？　片岡社長の口座から、宝石店に、振り込んだりすれば、税務署から、押さえられてしまう。たぶん、そう思って、あの社長さんは、現金で、持ってこさせたんだと思います。現金で引き出しておいて、現金で買って、彼女に、プレゼントすれば、税務署には、なかなかつかめないですからね」

「すると、今度の二千万円も、同じことを、考えているんだろうか？」

十津川が、いった。

「かも知れませんね。今の税法だと、誰かに大金をあげるか、あるいは、そのお金で宝石でも、買って贈れば、たちまち、贈与税がついてしまいますからね。ですから、片岡社長の口座から宝石店や、あるいは彼女の口座に、振り込みをすれば、税務署につかまれてしまいますからね。確かに、今、刑事さんがいわれたように、片岡社長は、二千万円を現金で持ってこさせて、それで、何か、女性へのプレゼントを、買うつもりだったのかも知れませんね」

支店長は、笑いながら、いった。

（相手が女と考えたほうが、当たっているかも知れない）

と、十津川は、思った。

誰かが、片岡社長を、強請（ゆす）ったとする。その犯人は、まさか、自分の持っている口座に、金を振り込ませたりは、しないだろう。そんなことをすれば、後でそれが、証拠になって、逮捕されて、しまうからである。だから、犯人は、現金で持ってこいと、片岡社長にいったのではないか？

しかし、誰が、どんなふうに、片岡社長を、脅迫したのだろうか？

十津川と亀井は、銀行の前で、県警の木下と別れた。

やたらに暑い。二人は、その暑さに、たちまち、参ってしまって、あわてて、近くにあった、喫茶店に飛び込んだ。

アイスコーヒーを、注文してから、何気なく、店の中を見回すと、壁には、去年の夏に、撮影したと思われる、ねぶた祭りの写真が、何枚か飾られていた。

注文しておいた、アイスコーヒーが運ばれてくると、それを飲みながら、十津川はもう一度、壁の写真パネルに目をやった。

巨大なねぶたが、強烈な、色彩の、明かりをつけて写っている。その前で、跳ねているのが、ねぶた特有のハネトという踊り子たちだろう。

その何枚かの、写真の中に、一枚、巨大なねぶたに「片岡興業」と大きく書いてあるのがあった。これが、木下警部のいっていた、片岡興業のねぶたでは、ないのか。

「それにしても」

と、亀井が、いった。

「誰がいったい、片岡社長を、強請ったりしているんでしょうかね？」

「それが、私にも、わからないんだ。それに、片岡社長が、強請られているとなると、事件の犯人は、沢田圭介という、あの被告人ではなくて、平沼恵子と関係のあった、片岡社長ということに、なってくる。しかし、肝心の平沼恵子は、死んでしまっているし、沢田圭介は、拘置されている。とすると、誰がいったい、片岡社長を、強請っているんだろうか？」

と、十津川も、首を傾げた。

「女じゃありませんかね？」

と、亀井が、いった。

「どんな女が、強請っているというんだ？」

「片岡社長は、金があって、ハンサムですから、何人もの女が、いたと思われます。その中の一人が、殺された平沼恵子なんですが、ほかにも、つき合っていた女が、いたわけですから、その女たちの一人が、片岡社長を強請っているんじゃないでしょうか？」

「しかし、強請る理由は、何なんだ？　何をネタにして、強請っていると、カメさんは思うね？」

十津川が、きいた。

「その女は、何か、片岡社長の秘密を、知っているんじゃないでしょうか？」

「秘密か？　その秘密は、今度の事件に、関係がある秘密ということになってくるね。そうでなければ、今、片岡社長を、強請るはずはない」

「ええ、私も、そう思います」

「そうするとだね。こういうことに、なってきてしまうよ。平沼恵子を殺したのは、沢田圭介ではなくて、片岡社長だった。それを知っている女がいて、それを、ネタにして、片岡社長を強請った。その金額は二千万。片岡社長のほうは、自分が犯人だから、否応なく、二千万円を、払うことになってしまった。しかし、カメさんだって、片岡社長が真犯人だとは、思わないんだろう？」

と、十津川が、きいた。

「ええ、私は、あくまでも、犯人は、沢田圭介だと、思っていますが」

「しかし、そうだとすると、女はどうして、片岡社長を、強請ったりできるんだろう？　片岡社長が、犯人でなければ、強請れるわけがないからな」

十津川が、いった。

「その女は、何か、片岡社長の、不利になるようなものを、持っているんじゃないでしょうか？」

「たとえば、何だね？」

十津川が、きく。

「公判でも、問題になりましたが、平沼恵子の指に、はまっていたエメラルドの指輪なんかが、考えられますよ。公判でも、女弁護士は、エメラルドの指輪について、かなりしつこく、きいていましたからね。その指輪には、片岡社長のイニシャルが、彫ってある。それはつまり、片岡社長と、殺された平沼恵子との関係が、深いものだったことを、示しているわけでしょう？　その指輪を、ある女が、持っていて、それを、殺人現場に落としておけば、片岡社長が疑われることになる。二千万円くれなければ、自分の持っている、その指輪を、死体発見現場に、置いておいて、警察に電話をする、そういって、脅かしたんじゃないでしょうか？　そうだとすると、片岡社長は、犯人でなくても、あわてて二千万円、払う気になる。そう思うんですが、どうでしょうか？」

「なるほどね。ある女が、片岡社長を、犯人に仕立てることが、できるものを、持っていて、それで脅かした。大いに、あり得るね。それに、片岡社長のことは、女弁護士も疑っているわけだから、そこに、証拠になるようなものが、出てくれば、たちまち形勢が逆転して、片岡社長が、疑われることになる。そう考えれば、二千万円ぐらい、払っても惜しくは、ないということか」

第七章　祭りのあと

1

十津川の予想通り、弁護士の三宅綾は、M銀行青森支店の、支店長を、弁護側の証人として召喚した。

裁判長は、弁護士の三宅綾に対して、なぜ、M銀行青森支店長の、証言が、必要なのかをきいた。

その質問に対して、三宅弁護士は、こう答えた。

「これは、被告人、沢田圭介の、無実を証明するために、絶対に必要な、証言です」

裁判長が、うなずき、M銀行青森支店の、支店長が、証言台に、立った。

支店長は、綾の質問に対して、片岡興業の片岡社長が、二千万円の預金を、引き出したこと、そして、その二千万円を、現金で、会社のほうではなく、片岡社長の自宅のほうに、持ってくるように、いわれたことを、証言した。

綾は、次に、片岡社長を、証人として呼び出し、その二千万円の、使い道について、質問した。

「どうして、私は、自分自身の預金を、引き出したのに、その使い道を、この公判の席上で、質問されなければ、ならないのでしょうか？」

片岡社長は、猛烈に、抗議した。

「あなたは、今回の殺人事件について、被告人の沢田圭介の、雇い主であり、また、殺された被害者、平沼恵子と、肉体関係のあった人ですから、事件とまったく、無関係であるとは、いえないんですよ。ですから、あなたの行動について、われわれは、知る権利があります。ですから、ぜひ、答えて、いただきたい。二千万円もの大金を、わざわざ、現金で、それも、自宅のほうに、持ってこいといわれた理由は、何ですか？」

「私が、現金で、使いたかったからですよ。それとも、現金で、二千万円を、引き出しては、いけないという法律でも、あるんですか？」

片岡社長が、反論した。

「片岡社長に、うかがいますが、あなたは、関係のあった、ある女性から、脅迫されていたのでは、ありませんか？　その女性は、あなたが、今回の事件の、真犯人であることを知っていて、あなたを、脅迫し、その口止め料として、二千万円を、要求した。それで、あなたは、あわてて、M銀行青森支店から、二千万円を、現金で引き出して、その女性に、支払ったのでは、ありませんか？」

綾が、厳しい口調で、質問する。

「バカバカしい。どこから、そんなウワサが出たのかは、知りませんが、第一、私が、ある女性から、脅迫されているなどという事実は、ありませんよ」

「それならば、現金二千万円を、いったい何に、使ったのか、正直に、おっしゃってください」

「それは、私の勝手で、あなたに、答える必要は、ない」

「しかし、今も、いったように、あなたは、今回の事件の、当事者の一人なんですよ。もし、答えられないのならば、あなたが、ある女性から、脅迫されて、現金で、二千万円を支払った。われわれは、そう考えても、よろしいんですか？」

綾は、食い下がった。

片岡社長は、ちょっと、考えてから、

「実は、あの二千万円で、株を、買ったんですよ」

「では、その株は、何という株ですか？　それから、その株は、どこの証券会社から、買ったのか、その会社の名前と、担当者の名前を、教えてください」

と、綾は、詰め寄った。

「私は、それに答える義務はない」

「裁判長、証人に、答えるように、いってください」

「どうしても、その証言が、必要なんですか？」

と、裁判長が、きく。

「私は、被告人、沢田圭介の、無罪を信じています。彼の無罪を、証明するためには、雇い主である、片岡社長の証言が、必要です」

「では、証人は、弁護人の質問に、答えるようにしてください」

裁判長は片岡に、促した。

「今、その二千万円で、株を買ったといいましたが、訂正します。まだ、買っていませんでした。買うために、現金で、二千万円を、用意している。その段階です」

「では、今、その現金の、二千万円を、お持ちなんですね？」

「ええ、持っていますよ」

「では、その二千万円の現金を、ぜひ、見せていただきたい」

「どうして、あなたに、見せなくてはいけないのですか？」

「いや、私に、見せなくても、裁判所から、職員が、あなたのお宅に、行きますから、その職員に、見せていただければ、それで結構です。そして、それが確認されれば、私は、この質問を、撤回します」

「とにかく、自宅に行けば、その二千万円はあるんです」

「では、今もいったように、裁判所の職員に、その二千万円を、確認させてください」

と、綾は、食い下がった。

2

「これから、どうなるんでしょうかね？　少しずつ、また、弁護側が、有利になってきたと、私は、感じますが」

亀井が、十津川に、いった。

「まだ情勢は、わからないよ」

「しかし、あの片岡社長が、関係のあった女から、強請(ゆす)られていることは、これで、まず、間違いないと、思いますね。何か、秘密を握られていて、それをネタに、強請られているんです。その口封じのために、二千万円を、払った。そういうことじゃ、ありませんか？」

「確かに、カメさんのいう通りだとは、思うが、しかし、そのことと、今回の殺人事件との間に、何らかの関係があると、証明するのは難しいと、私は、思っているんだ。あの三宅綾という女性弁護士は、優秀ではあるが、片岡社長が、真犯人で、それを、目撃されたために、ある女性に、二千万円を支払った、たぶん、そう、持っていきたいのだろうが、それを、証明するのは、並大抵のことではないと、私は、思っている」

と、十津川は、いった。

「差しあたっての問題は、二千万円の現金ですね。裁判所では、職員を、派遣して、片岡社長が、銀行から引き出した、二千万円の現金を、手元に、今も持っているかどうか、確認するそうですから」

「たぶん、その金は、もう使ってしまって、手元にはないと思うが、しかし、だからといって、この裁判が、弁護人に、有利に展開するとは、まだ思えない」

十津川は、慎重に、いった。

翌日、裁判所の職員が、片岡社長の自宅に派遣された。

その結果は、十津川と亀井の二人にも、知らされたが、それは、二人にとって、意外なものだった。

裁判所の職員は、片岡社長から、現金二千万円を、見せられ、その帯封から、片岡社長が、M銀行青森支店から、引き下ろした二千万円に、間違いないことを、確認して、帰ってきたというのである。

「意外でしたね」

と、亀井が、十津川に、いった。

「ああ、私も意外だったよ。てっきり、片岡社長は、その二千万円を、関係のあった女性に、支払ったと、思っていたんだ」

「強請った女性が、返したと、いうことでしょうか？　それとも、片岡社長を、強請っている女性が、いるという話は、誰かが、作った、デマなんでしょうか？」

「しかし、そのことを、リークしてきた女性が、いることは、間違いないんだ。しかし、こうなると、その女性の意図が、わからないな」

十津川が、首を傾げる。

「しかし、一つだけ、わかっていることが、ありますよ。これで、間違いなく、この裁判は、弁護側の、不利に、なってきました。このまま行けば、間違いなく、被告人の、沢田圭介に、殺人罪の有罪判決が下りますね」

と、亀井が、いった。

亀井が、いった通り、裁判は、間違いなく、弁護側の不利に、傾いていった。

三宅綾は、片岡社長が、真犯人であると確信して、彼を追及していったのだが、二千万円の現金問題が、起きた時は、明らかに、弁護人のほうの、旗色がよかった。

しかし、今となると、そのことがかえって、ヤブヘビに、なってしまった感じだった。

片岡社長は、三宅綾弁護士を、名誉毀損で訴えると、新聞に発表した。

3

八月二日から、青森ねぶたが、始まった。二日から七日まで、六日間の、ねぶた祭りである。

青森県の北のほうでは、ねぶた祭りといい、南では、ねぷたという。

「十津川さんたちも、青森に、いらっしゃったのですから、一度、ねぶたを、見に行きませんか？」

木下警部が、十津川と亀井を、誘ってくれた。

「しかし、大変な、人出なんでしょう？」

十津川が、尻込み（しりご）すると、

「そうですが、私のほうで、ちゃんと、見物席を、確保しておきますよ。もう何度も、見られているのなら、別ですが、もし、初めてなら、ぜひ、ご覧になってください。そりゃあ壮観ですよ」

と、木下が、誘った。

「では、お願いしましょうか」

十津川は、応じ、亀井も、見たいと、いった。

青森市内の、ホテルや旅館は、ねぶた祭りの時に、なると、どこも、満員になってしまう。そこで、多くの観光客は、青森市から離れた場所に泊まることになる。その人たちは、夕方になると、タクシーや、観光バスに乗って、青森市内の、市役所前通りに集まってくる。

青森市内に泊まった十津川と亀井は、木下警部の案内で、まず、青森市役所に、向かった。

もう午後七時を過ぎていたが、市役所には灯りがつき、見物客のために、市役所のトイレや、臨時の救護室を、提供していた。

市の警察も、この日は、全員が出勤して、祭りの警備に当たる。

市役所の前の、大通りには、椅子が並べられて、臨時の見物席が、作られていた。その一角に、木下警部が、十津川と亀井のために、席を、用意しておいてくれた。

そこに、三人は、並んで、大通りを、行進するねぶたや、踊りまくる、ハネトの行進を、見物することになった。

やがて、勇壮な、太鼓と笛の音が、きこえてきて、ねぶた祭りが、始まった。

ねぶたは、二十基以上あるという。一基ずつ次々に、行進してくる。

そのねぶたが、青森市役所のねぶただと、「青森市役所」と書かれたのぼりを持った先導の男が歩き、その次に、青森市長が、たすきを掛けて、現れる。そのたすきには、青森市長と、彼の名前が、書かれていた。

その次に来るのは、大太鼓を、七つか八つ並べた、太鼓の行進である。選ばれた男や女たちが、その太鼓を、叩きながら、ゆっくりと、行進してくる。それに、笛が続く。そのどちらにも、マイクが、ついているので、大太鼓と笛の音は、夜空に、響いて、勇壮だった。

それに続くのは、極彩色に、彩られ、灯りのついた、ねぶたである。

二、三〇メートルは、あると思われる、巨大なもので、その屋台には、車輪がつき、それを、十人前後の若者が、押してくる。時々、見物席の応援に応えて、大きなねぶたを、引き回すので、そのたびに、観客席から、歓声が上がった。

最後に続くのは、踊り子たちで、ある。誰もが、決まった、衣装を、身につけている。浴衣にたすきを掛け、そして、編み笠を、かぶり、ハネトといわれるだけに、太鼓と笛に合わせて、はねるように踊りながら、行進してくる。

今年は、そのハネトに、ケガがあっては、困るというので、ハネトたちの集団を、大きなロープで囲うようにして、行進してきた。

それでも、ハネトたちは、大きく踊り出し、時々、二、三人が、そのロープから、飛び出して、踊り狂う。

そのほか、各ねぶたには、給水車も、ついていた。太鼓を、叩き続ける囃子方や、巨大なねぶたを、担ぐようにして、動く人たち、そして、ハネトたちなど、みな喉(のど)が、渇くので、給水車が、必要なのだろう。

一つのねぶたの集団が通りすぎると、次のねぶたが、装いを凝らして、現れる。

青森の大学の、ねぶたもあれば、民間企業のねぶたもある。

そのどれもが、同じように、大学の場合は大学の学長が、たすきを掛けて、先頭を切り、民間企業の場合は、その企業名を、書いた、たすきを掛けた社長が、先導する。

ひっきりなしに、太鼓が轟(とどろ)き、笛が鳴り、そして、ハネトたちが踊り、はねる。

「これは、きいていた以上に、すごいものですね」

亀井が、すっかり感心して、十津川に、いった。

時々、見物席から、二、三人が、道路に向かって走り出す。それは、行進するハネトたちが、放り投げる、小さなおもちゃの、金の鈴を拾うためだった。

その金の鈴を拾うと、幸運が、訪れるといわれているらしい。

ハネトたちの中には、見物席の中に、知り合いの顔を、見つけると、自分のほうから、走ってきて、その金の鈴を渡す者もいた。

五つ目のねぶたは、片岡興業の、ねぶただった。「片岡興業」と書いたのぼりを持った男二人が、先導し、次に、片岡社長が、「片岡興業社長　片岡安二郎」と書いたたすきを掛け、扇子で、扇(あお)ぎながら、ゆっくりと、歩いてくる。

続いて、七連の大太鼓が、鳴り響き、笛が、きこえる。そして、歌舞伎の安宅の関から取った、巨大なねぶたが、ゆらゆら、揺れながら続いてくる。

そして、おそらく、片岡興業の社員たちが集まって、ハネトになっているのだろう。威勢よく掛け声を上げ、踊りながら、ねぶたについてくる。

「片岡興業のねぶたは、もう、十年も続いています。一度、優勝したこともありますね」

木下警部が小声で、説明した。

「なるほど、この祭りには、片岡興業のねぶたが、不可欠なものなんですね。それだけ、人気があるんだ」

十津川が、いった。

片岡興業のねぶたが、ゆっくりと、十津川たちの前に、近付いてきた。

その時、突然、近くの見物席から、若い女が、走り出していった。

十津川も亀井も、また、例の、金の小さな鈴を、もらいにいったのだろうと、思って、笑いながら見ていた。しかし、その女性は、ハネトたちに向かっていったのではなくて、たすきを掛け、扇子をゆっくりと、振りながら歩いている、片岡社長に向かって、いったのだった。

そして、いきなり、片岡社長に、抱きついた。

一瞬、何が起きたのか、わからなかった。まさか、片岡社長のファンがいて、ねぶたに興奮して、抱きついたのでは、ないだろう。

そう思った瞬間、片岡社長と、抱きついた女が、一緒に、通りの上に、倒れた。

抱きついた女のほうが、ノロノロと、立ち上がった。

しかし、片岡社長は、通りに、倒れたまま、動こうとしない。

悲鳴が上がった。

女の手に、ナイフが握られていて、それが、キラリと、光ったからである。

十津川と亀井と、それに、木下警部の、三人は、一斉に、通りに、向かって、飛び出した。

木下警部が、ナイフを、持ったまま、呆然(ぼうぜん)と立ち尽くしている女を、取り押さえる。

十津川と亀井の二人は、倒れている、片岡社長を覗(のぞ)き込んだ。血が、あふれ出ていた。

亀井が名前を呼んだが、片岡社長は、倒れたまま、返事をしない。

「救急車！」

と、十津川が、怒鳴った。

相変わらず、祭りの大太鼓と笛の音が、やかましく、きこえている。

しかし、肝心の、行列のほうは、止まってしまった。

見物席が騒ぎ出し、やがて、救急車が、駆けつけ、動かない片岡社長を、乗せて、走り出していった。

4

勇壮で楽しく、派手な、ねぶた祭りが、一瞬にして、修羅場（しゅらば）に変わってしまった。

救急車が、走り去ると、少し時間を置いて、やっと、ねぶた祭りは、再開された。

その間に、県警のパトカーが、ナイフで、片岡社長を刺した女を、警察署に連れていった。それに、十津川と亀井が、同行した。

片岡社長を、刺した犯人は、平沼恵子の姉、平沼美津子だった。

救急車で、総合病院に運ばれた、片岡興業社長の片岡安二郎は、ただちに、緊急手術が、行われたが、その手術の途中で、死亡したと十津川は、教えられた。

木下警部が、平沼美津子を、尋問した。

美津子は、まだ、体を小刻みに、震わせていた。

「今、片岡社長が死んだという知らせが、ありましたよ。だから、あなたは、殺人容疑者になった。どうして、あんなマネを、したんですか？」

木下は、押収したナイフを、見ながら、平沼美津子に、きいた。

刃渡り二〇センチのナイフには、べっとりと血が付いている。

「片岡社長のことが、憎かったんです」

美津子は、声を震わせた。

「あなたの感情を、きいているのではありません。どうして、片岡社長を、殺したのか、その理由を、きいているのですよ」

「だから、いっています。あの社長が、憎かったんです。あの社長が、私の妹を、殺したんです」

美津子は、強い口調で、いった。

「しかし、あなたの妹さんを、殺したのは、沢田圭介という青年で、今、公判中なんですよ。犯人は、片岡社長では、ありません」

「いいえ、あの社長が、妹を殺したんです。だって、片岡社長は、自分が、犯人だということを、隠そうとして、口止めに、二千万円も、払ったんでしょう？　それが、何よりの、証拠じゃありませんか？」

「ああ、あの記事を、読んだんですか？　あの記事は、間違いでしてね。片岡社長は、確かに、二千万円の現金を、引き下ろしましたが、その現金は、手元に、残っていたんです。ですから、片岡社長が、犯人で、その口止めをするために、二千万円を、払ったというのは、間違いなんですよ」

「そんなことは、ありません。片岡社長が、犯人です」

「証拠は、あるんですか？」

「ええ、もちろん、証拠は、あります。私が証人です」

「あなたが証人？　どうして？」

「二千万円のことが、新聞に載ってから、私は、片岡社長を、問いつめたんですよ。あなたが、妹を殺したに、違いない。だから、すぐ警察に出頭して、自供してください。そういったんです」

「そうしたら、片岡社長は、何といいましたか？」

「最初は、笑っていました。どこに、そんな証拠が、あるんだといってね。でも、私が、妹から、いろいろと、きいていると話しました。あの社長は、妹を、二号のように扱っていたんです。妹は、それに、耐えられなくなって、片岡社長と、別れる決心をしたんですよ。そのことは、妹から、きいていました。そうすると、片岡社長は、妹に向かって、自分から、離れることは、絶対に、許さない。そういって、脅かしたんです。もし、別れようとしたら、殺してやる。そういって、片岡社長は、妹を、脅かしたんですよ。私、妹から、きいていました。だから、妹には、くれぐれも、用心するようにと、いっていたんです」

と、美津子が、いう。

木下警部は、表情を、硬くして、

「今の話は、本当ですか？　妹さんが、別れたいといったら、片岡社長が、別れたら、殺してやると、脅かしたという話です」

「ええ、何度も、妹からききました。妹は、ウソをつくような人間じゃありません。本当の話なんです。それでも、妹は二号の生活が、イヤになって、別れる決心を、していたんです。そして、あの片岡社長に、殺されたんです」

美津子は、強い口調で、いった。

「だから、今夜、片岡社長を、殺したんですか？」

「ええ、殺されるのが、当然の人間です。あの社長は、金で、妹を縛っておいて、妹が別れたいというと、殺してやるといって、脅かして、最後には、本当に、殺してしまったんです。その上、その罪を、自分の会社で、働いている、若い社員の人に押しつけた。そんな社長のことが、私は、絶対に、許せなかったんです。ですから、私は、片岡社長を、殺したことを、まったく後悔していません。あの社長は、当然の報いを受けたんです」

美津子は、キッパリとした口調で、いった。

5

翌日の新聞やテレビが、この事件を大きく報道した。

記者会見で、青森県警の本部長は、片岡社長を、刺し殺した犯人は、平沼美津子、二十八歳ということは、発表したが、動機については、まだ、不明と発表した。

もし、平沼美津子の動機を、発表してしまったら、現在行われている裁判に、影響があると考えたからだった。

しかし、驚いたことに、地元の新聞が、その動機を、発表してしまったのである。

その新聞には、こう書かれていた。

〈犯人の平沼美津子は、妹の仇を討った。そう語っている。

平沼美津子は、妹の恵子が、片岡社長と関係を持ち、その関係を、断ち切ろうとしたところ、嫉妬した片岡社長が、彼女を殺した。

姉の美津子は、そう思い、妹の仇を討つために、ねぶたの夜、片岡社長を、刺したものである〉

県警の木下警部は、この記事を書いた、地元の新聞社に、なぜ、このニュースを、書いたのかを、きくことにした。それに、十津川と亀井は、同行させて、もらった。

三人の刑事は、その新聞社に行き、田代というデスクに、会った。

田代は、警察が来ることを、予期していたかのように、

「来ましたね」

と、いって、笑った。

「どうして、あんな、記事を書いたのか、それをきちんと、説明して、もらいたいんですよ。まさか、片岡社長が、死んでしまったので、死人に口なしで、勝手に、書いたのとは、違うでしょうね？」

木下が、それなら許さないぞという顔で、きいた。

「もちろん、そんなことはしません。証拠があるから、書いたんです」

「どんな証拠ですか？」

「この手紙が、証拠ですよ」

田代は、一通の手紙を、三人の刑事に、見せた。

青森中央郵便局の、消印のある封筒で、中身の便箋も、表書きも、すべて、パソコンで打たれていた。宛て先は、この新聞社の、社会部になっている。日付は、八月一日だった。

木下がまず、中の文章を読み、それを、十津川と亀井にも、渡した。

ここに書くことは、真実です。

私は、事情があって、名前はいえませんが、あるクラブで働いていて、片岡社長と、関係がありました。

平沼恵子さんを、殺したのは、片岡社長です。それは、私がいちばんよく、知っています。

酒を飲みながら、うっかり、彼が、私に話したことがあるんです。

「仕方なく、恵子を殺してしまった。まあ、うちの社員の一人が、その罪を、背負ってくれるから、安心している」

そんなことを、あの片岡社長は、私にいったのです。

酒が醒めてから、あわてて、今の話は、冗談だといっていましたけど、あの口振りは、本当でした。その証拠は、殺された平沼恵子さんが、指にはめていた、エメラルドの指輪ですよ。

あの指輪は、私が、欲しがっていたのに、片岡社長が、私よりも若い、平沼恵子さんに、贈ったものなんです。

私は、事件の夜、片岡社長がまた、平沼恵子さんのところに、行くことを知って、尾行しました。ヤキモチからです。

そうしたら、片岡社長が、平沼恵子さんとケンカになり、彼女を、殺してしまったんです。びっくりしました。まさか、こんなことになるなんてね。そして社長は死体を社員の、沢田圭介さんのマンションに運んだんですよ。

それをずっと、私は、尾行して、見ていました。その途中で、片岡社長は、自分に不利になるとでも、思ったのか、エメラルドの指輪を抜き取って、ポケットに、しまったんです。

そして、死体を運んでいる途中で、落としてしまったんです。落とした場所は、沢田さんのマンションの近くを流れる小さな排水溝です。社長は、あわてて探していましたけど、見つからずに、あきらめたようでした。

私も、探したのですが、見つかりませんでした。でも、あの排水溝にあることは、間違いありません。

ぜひ、それを見つけて、片岡社長が、平沼恵子さんを、殺したことを、公にしてください。お願いします。

最後に、片岡社長を、強請ったのは、私です。真相をバラすといって、二千万円を要求したんです。

電話で、強請ったんですけど、その時の、片岡社長の、あわてぶりといったら、なかったですよ。

でも、私は、結局、その二千万円を、受け取りませんでした。それより、片岡社長が真犯人であることを、証言したほうが、世の中のためになる。そう思ったんです。ただ、私みたいな水商売の女の言葉を、警察が、信じてくれるかどうか。

ですから、マスコミの人が、エメラルドの指輪を発見して、片岡社長が犯人であることをぜひ、証明してください。お願いします。

「署名は、ありませんね」

と、十津川が、いった。

「署名はないけど、これは、事実だと思いますよ。現実に、片岡社長は、二千万円を、強請られていたと、思われますからね。県警にお願いして、ぜひ、沢田圭介のマンションの前を流れている、排水溝のドブさらいをして頂きたい。エメラルドの指輪が見つかれば、この手紙の信憑性が確かめられますからね」

田代は、木下に向かって、いった。

確かに、沢田圭介の住んでいた中古マンションの脇には、排水溝が流れている。そのドブさらいが、県警によって、行われた。

そして、八月七日、ねぶた祭りの最後の日に、問題の指輪が発見された。

そのことと、新聞社に送られてきた密告の手紙のことを、全国の新聞が大々的に、報道した。

「これで、形勢逆転ですか？　このまま行けば、真犯人は、片岡社長ということにな って、沢田圭介は、釈放されますね」

亀井が、新聞を読みながら、いった。

「確かに、このまま行けば、沢田圭介は、釈放かも知れない」

と、十津川は、いったが、その後で、

「しかし、どうにも、引っかかるね」

と、つけ加えた。

「どこが、引っかかるんですか？　片岡社長は、間違いなく、殺された平沼恵子と、関係がありましたし、平沼恵子が、二号でいることがイヤになって、独立したいと思っていたのは、間違いないんです。それから、片岡社長は、例の手紙の女から、強請られていて、二千万円払おうとした。それも、間違いないと思いますね。こうなってくると、沢田圭介犯人説は、薄くなってくるんじゃ、ありませんか？」

と、亀井が、いった。

この新聞報道を受けて、弁護人の三宅綾は、裁判の一時停止を裁判長に、要求した。もう一度、捜査をし直して欲しいと、彼女は、要求したのである。

沢田圭介の友人たちは、今まで、彼との関係をきかれることを、怖がっていたが、ここに来て、沢田圭介の、釈放の嘆願署名を、集めて、それを、地裁に持ち込んだ。

それを受けて、青森地裁は、裁判の一時停止を決め、青森県警に、事件の再捜査を、求めた。

東京の出版社が出す週刊誌までが、この事件を取り上げた。その論調は、警察にとって、不利なものだった。

沢田圭介を、逮捕したのは、誤認逮捕ではなかったのか？

犯人は、片岡社長では、ないのか？

最初から、片岡社長を、疑ってみるべきだった。

週刊誌には、そんなふうに、書かれていた。

また、その週刊誌には、評論家が、こんな一文を寄せていた。

〈沢田圭介は、真面目で、平沼恵子に会ったとたんに、一目惚れ（ひとめぼ）をしてしまった。つまり、沢田圭介にとって、彼女は、マドンナのような、存在だったに違いない。

そうした女性を、自分に冷たいからといって、簡単に殺すとは、とても、考えられない。

したがって、この犯人は、前々から、被害者の平沼恵子と、深い関係があった人間と思わざるを得ないのである〉

一方、片岡社長を、ねぶたの夜に、刺し殺した、被害者の姉、平沼美津子に対する、同情の声が起きてきた。

妹思いの姉が、前々から、クラブで働いている妹のことを心配していて、その心配が適中して、殺されてしまった。犯人を片岡社長と信じて、妹の仇を討った行為は、法律的には、間違っているが、同情の余地は、大いにある。

そうした投書を、新聞に寄せる人も、現れてきた。

そんなマスコミや世論、それに、地裁からの要求もあって、青森県警は、この事件を、再捜査することになった。

「これからは、片岡社長犯人説で、捜査してみたいと、思っています」

木下が、十津川に、いった。

「それで、片岡社長の、アリバイのほうは、どうなんですか？」

十津川が、きくと、木下は、小さく肩をすくめて、

「ありません。片岡社長というのは、青森では成功者ですが、遊び人でも、ありましてね。毎日のように、遊んでいて、家には、めったに、帰らなかったんです。事件当日も、家には、帰っていません。だから、アリバイは、ないんですよ」

と、いった。

そんな時、十津川は、亀井に向かって、

「八戸へ行ってみないか？」

「八戸に行って、いったい、何をするんですか？」

亀井が、首を傾げて、きいた。

「片岡社長を殺した、平沼美津子は、八戸で働いていたんだ。確か、八戸市内の、不動産会社で、経理をやっていた。そうきいているから、その不動産会社に、行って、調べてみるんだよ」

と、十津川は、いった。

「しかし、何のために、わざわざ、八戸まで行くんですか？　ねぶた祭りの夜、平沼美津子は、私たちの、目の前で、片岡社長を、刺して、殺したんですよ。彼女が、犯人であることは、もう、すでに、決定しているんです。起訴されれば、少しは、情状酌量されるでしょうが、犯人であることは、間違いないんです。それなのに、どうして、八戸まで行って、いちいち、調べるんですか？」

「彼女が、片岡社長を刺し殺した。だから、調べるんだ」

と、十津川は、いった。

二人は、八戸に着くと、平沼美津子が働いていた不動産会社に向かった。

そこで、彼女の上司だった、小原という管理部長に、会った。

小原は、沈痛な表情で、

「こんなことになって、心を、痛めています。平沼美津子さんは、真面目な女性で、仕事ぶりも、大変真面目でした。それが、あんな、大それたことを、やってしまって、私だけではなく、社長も、困惑しているんです」

と、いった。

「平沼美津子さんは、真面目で、仕事熱心で、通っていたんですね？」

「その通りですよ。彼女のことを、悪くいう人は、誰もいませんよ。ケンカも、しないし、黙々と、よく、働いてくれていましたからね」

「彼女は、二十八歳ですね。あと二年で、三十歳になる。確かに、地味な感じを、受けますが、しかし、整った顔で、美人系統じゃ、ありませんか。それで、彼女には、男のウワサは、なかったんですか？」

「私には、よくわかりませんが、しかし、男のウワサを、きいたことは、ありませんね」

と、小原は、いった。

生真面目だったからこそ、妹を殺したのが、片岡社長だと、思い込み、ねぶたの夜に、片岡社長を、刺してしまったのだろうか？

十津川は、同じ不動産会社で、働いていた何人かの女性社員にも、会って、美津子彼女たちの多くが、仕事熱心で、真面目だったと、平沼美津子のことをいったが、二人の女性社員だけが、違った、証言をした。

「彼女、焦っていたみたい」

と、その一人が、いった。

「いったい何に、焦っていたんですかね？」

「もちろん、結婚のことですよ。彼女も、もう二十八歳だし、ああいう、地味な人ほど、結婚願望が強くて、焦るものなの。だから、焦ってた」

「彼女に、結婚の話は、なかったんですかね？」

「なかったと思うわ。真面目で、地味な人だし、ちょっと、近づきにくいところが、あったから、男のほうで、敬遠したんじゃないかしら？」

その女性社員は、冷たいことを、いった。

「焦っていたとすると、具体的に、どういうことを、していたんでしょうかね？　たとえば、結婚紹介所にでも、行ったんでしょうかね？」

亀井が、きくと、もう一人の、女性社員が、

「それがね。私、変なところを見たの」

と、声を潜めて、いった。

「何を見たんですか？」

「会社が休みの日だったけど、八戸の繁華街に行ったら、彼女に会ったの。ビックリしたわ」

「何に、ビックリしたんですか？」

「いつも、あの人は、地味な化粧しかしていないんだけど、あの日、繁華街で見た時は、厚化粧で、その上、派手な格好をしていたから、ビックリしたの。最初、別人だと思ったけど、やっぱり、平沼美津子さんだった」

「その話、本当ですか？」

「ええ、間違いないわ。完全に、変身していたの。化粧をきちんとしていたから、なかなかの美人に、見えたわ。そんな格好で、一人で、八戸の繁華街を、歩いていたのよ。いつも抑えられていたから、かえって、発散しているのかと思ったくらい。本当に、ビックリしたわ」

と、女性社員は、繰り返した。

「それで、あなたは、その化粧をして、派手な格好をした平沼美津子さんに、声を掛けたんですか？」

十津川が、きいた。

「いいえ、ビックリして、跡をつけたの」

「そうしたら、彼女、どうしましたか？」

「八戸にも、ブランドものの、ハンドバッグや化粧品を、売る店があるんですけど、そのショーウィンドーを、じっと覗き込んでいたわ。それから、外車の展示ルームも、じっと見ていた。きっと、あの人も、ブランドものや、高級外車が、欲しかったんじゃないかしら？」

と、その女性社員は、いった。

6

十津川と亀井が、青森に戻ると、木下が、二人に、こういった。

「県警の空気は、誤認逮捕のほうに、固まりつつあります。残念ですが、今の情勢では、仕方が、ありませんね。犯人は、沢田圭介ではなくて、片岡社長だったと、みんなが、思うように、なってきたんです」

「私を、平沼美津子に、会わせてもらえませんか？」

と、十津川が、いった。

「それは、構いませんが、彼女、別に、片岡社長を殺したことを、否定しては、いませんよ。目撃者がいたし、今も、彼女は、妹の仇を、討つために、殺したんだと、はっきりと、いっていますから」

「それは知っています。しかし、それとは別に、彼女にききたいことがあるんですよ。できれば、木下さんも、同席してもらえませんか？」

と、十津川は、いった。

十津川は、木下警部と二人で、取調室で、平沼美津子に、会った。

美津子は、落ち着いた表情で、

「早く、私を、起訴してください。この期に及んで、片岡社長を殺したことを、否定なんかしませんから。罰を受ける覚悟はできています」

と、二人に向かって、いった。

「これから、起訴手続きをしますが、おそらく、あなたは、情状酌量されると、思いますよ」

木下警部が、励ますように、いった。

十津川は、美津子を見て、

「さすがに、姉妹ですね。よく見ると、あなたは、死んだ妹さんに、よく似ている」

「でも、妹のほうが、美人で、みんなに、好かれていたんですよ。私は、地味で大人しかったから、反対でした」

「その妹さんに、憧れていたんじゃ、ありませんか？」

十津川が、きくと、美津子は、小さく首を横に振って、

「憧れても、妹と私は、違いますもの。どうにもならないと思って、諦めて、いました」

「実は、八戸に行って、あなたのことを、いろいろと、調べてきたんですよ」

「どうして、八戸まで行って、私のことを、調べたりしたんですか？　私はもう、覚悟を決めていますのに」

美津子が不審げに、十津川を見た。

「不動産会社の人も、あなたに、同情的でしたが、しかし、中に、面白い証言をする女性社員がいましてね。あなたが、実は、結婚に憧れていた。それから、ある日、あなたが派手な化粧と、格好をして、八戸の繁華街を、歩いているのを、見たというんですよ。その女性社員は、あなたに声を掛けそびれてしまって、それで、何となく、ついていったら、あなたがじっと、ブランド品のバッグや、化粧品のケースを、見ていたとか、あるいは、高級外車の、展示ルームを覗いていた。そう証言しているんですよ。これは、本当の話ですね？」

「ウソです」

「しかし、あなたの友だちが、はっきりと、見たと、いっているんですよ」

「でも、ウソですよ。私は、そんな派手な格好をして、八戸の繁華街を、歩いたりは

しません」

「おかしいな。実はね、あなたの住んでいたマンションを、調べたんですよ。そうしたら、高い、外国製の化粧品や、派手なドレスが、見つかりました。お友だちの証言と一致するドレスで、それは同時にあなたの妹さんが着ていたようなドレスなんですよ。それでも、ウソだというんですか？」

十津川が、きくと、美津子は、急に、黙ってしまった。

かえって、そばにいた、木下警部のほうが、

「十津川さん、そんなことを、調べたって、どうしようもないじゃないですか？　この人は、犯行を、認めているんですから」

と、いった。

「問題は、その動機なんですよ。どうして、片岡社長を、殺したのか、その動機が、問題なんです」

「私は、妹の仇を、討ったんです！」

美津子が、大きな声を出した。

それには構わず、十津川は、さらに、言葉を続けた。

「公判中に、片岡社長と、関係があったという女性が、電話をしてきましてね。弁護士のところにです。そして、こういった。自分は、片岡社長が、平沼恵子を、殺した

ことを知っている。その証拠になる、エメラルドの指輪が、今どこにあるのかも知っている。彼女は、そういいました。それから、八月二日に地元の新聞社に、手紙が届きました。パソコンで打った手紙ですよ。それにも、同じようなことが書いてありました。私は、片岡社長と、関係のある女だが、平沼恵子を殺したのは、片岡社長だ。そのことを、知っている。それをネタに片岡社長を、強請ったら、片岡社長は、あわてて、二千万円払うといった。しかし、私は、容疑者となっている人を、助けたいので、その二千万円を、受け取らなかった。問題のエメラルドの指輪が、沢田圭介のマンションのそばの、排水溝の中に落ちたのも知っている。それを、探してください。そして、片岡社長が、犯人であることを、明らかにして欲しい。そんな手紙ですよ。そして、二日の祭りの夜に、あなたが、片岡社長を刺して、殺してしまった」

「だから、何だというんですか？　私が、その手紙を書いたとでも、おっしゃるのですか？」

と、美津子が、きいた。

十津川は、微笑して、

「そうですよ。あの手紙は、あなたが書いたんだ。電話も、あなたがした。こちらは、変声機を使ったんでしょう」

「私が、なぜ、そんなことを、しなくてはいけないんですか？　妹の仇を、討ちたいからですか？　それなら、わかりますけど、電話も手紙も、私じゃありません」

「これから、私の推理を話しますから、間違っていたら、いってください」

と、十津川は、断ってから、話し始めた。

「あなたと妹の恵子さんは、三歳違いだ。顔立ちは、とても、よく似ているが、性格も生き方も、正反対だった。あなたが、地味で、真面目に、仕事をしていたのに対して、妹さんのほうは、派手で、クラブ勤めをしていて、人気があり、片岡社長から、いろいろなものを、買ってもらっていた。エメラルドの指輪も、買ってもらったし、マンションも、買ってもらった。そんな、贅沢な生活をしていた。あなたは、それを見て、うらやましかったんじゃ、ありませんか？

あなたはおそらく、こんなふうに、思っていたに違いない。妹に比べて、別に、私の容姿が、劣っているわけではない。それに、私のほうが真面目で、真心がある。それなのに、私はいつも、安月給で働き、男から声を掛けられたことがない。結婚話もない。それに比べて、妹のほうは、いつも、男たちに、ちやほやされ、美人だといわれ、そして、贅沢な暮らしをしている。あなたは、そんな妹さんが、うらやましかったんじゃ、ありませんか？

だが、妹さんは、あなたの、そんな気持ちが、わからなくて、平気で、片岡社長とのことを、話していたんじゃありませんか？　どれほど、片岡社長が自分に惚れていて、どんな贅沢品を、買ってくれているか、それを、話していたんじゃないんですかね？　そんな妹さんが、あなたは、妬ましかった。それなのに、妹さんのほうは、片岡社長に、囲われているのが、イヤになってきて、片岡社長との関係を、絶とうと考え、あなたに、相談してきたんじゃないんですか？　あなたにとっては、それが逆に、腹が立ったんじゃ、ありませんかね？　たぶん、あなたは、何という贅沢なことをいうのか、そんなふうに、思ったんだと思いますよ。

そして、あなたは、妹さんに向かって、片岡社長に、話をしてあげるから、待っていなさい。別れられるようにしてあげる、そういって、引き受けたんじゃ、ありませんか？　その後、あなたは、派手な化粧と、格好をして、片岡社長に、会いに行ったんじゃ、ありませんか？　妹さんのように、きれいに化粧をして、ブランドものの洋服を、着てですよ。おそらく、片岡社長は一瞬、あなたを妹さんと、間違えたんじゃないですか？　しかし、よく見れば、あなたは、妹さんとは違う。そしてきっと、社長は、こういったんだと、思いますね。恵子とは、絶対に別れない。今でも、恵子に、惚れている、そんなことを、いったんじゃありませんか？　その言葉で、あなたは、無性に腹が立った。そして、こういったんじゃ、ありませんか？　私と妹と、どこが、違うんですか？　私なら、妹以上に、社長さんに、尽くしますよ。だから、妹と別れた後は、私を、妹の代わりに、可愛がって欲しい、そんなことを、いったんじゃありませんかね。

そういったら、片岡社長は、笑ったんでしょう？　そして、こういったんだ。妹の恵子さんとは別れる気もないし、あなたと、つき合う気もない。いや、もっと冷たいことをいったのかも知れない。あなたには、何の魅力もないとか、そんなことも、いったかも知れない。それで、あなたは、妹さんに、殺意を感じた。つまり、妹さんに、嫉妬してしまったんですよ。あるいは、こう考えたのかも知れません。私と妹と、いったい、どこが、違うというのか、化粧をすれば、美しさも、同じだ。それなのに、片岡社長が、私を拒否するのは、妹がいるからだ。妹さえ、死んでしまえば、きっと、あの片岡社長は、私と、つき合ってくれるだろう。

そう思ったあなたは、あの夜、妹さんを、殺してしまった。そして、死体は、片岡興業の社員の一人、沢田圭介の、マンションに、運んでいって、部屋に置き去りにした。あなたは、以前、沢田のことを知らないと否定していたが、実は沢田が、妹さんに想いを寄せていることを、前に聞いていたんだ。

やがて、東京で、恵子さんの死体が発見され、警察へ身元確認に呼ばれた際に、遺留品のなかに、エメラルドの指輪がないことに、あなたは、気づいた。そして日本民芸工業に忍び込み、太鼓の中に、あった藁くずか、何かに紛れ込んだ指輪を見つけ、持ち出そうとしたところを、宿直の中居伸介さんに見つかり、殺してしまったんだ。

どうして、そんなことをしたのかは、わからない。ああいう高価な指輪が、欲しかったのかも知れないし、あるいは、その指輪を使って、片岡社長を、脅かして、関係を、迫ろうとしたのかも、知れない。それはわからないが、とにかく、エメラルドの指輪を手に入れたのは、美津子さん、あなたです。

　そうして後日、あなたは、片岡社長に、電話をかけたんです。あるいは、会ったのかも、知れない。そして、金を要求したのか、関係を迫ったのかは、わからないが、とにかく、あなたは、妹さんの後釜（あとがま）に、座りたかったんですよ。片岡社長は簡単には拒否できなかった。なぜなら、平沼恵子を殺されてしまい、エメラルドの指輪を、あなたが持っているからです。そのとき、あなたは、関係と、金の両方を、要求したんじゃありませんか？　地味な生活を、ずっと続けていたあなたは、その両方が、欲しかったに違いありませんからね。そして、もし、自分の要求を断れば、エメラルドの指輪を、どこかに、捨てておいて、それを、刑事に拾わせる。そうすれば、あなたが、妹殺しの、犯人になる。そういって、脅かしたんじゃありませんか？　片岡社長は、あわてて二千万円を作って、あなたに、渡そうとした。しかし、その時、あなたは、もっと、高価な要求をしたんじゃありませんか？　金も欲しい、しかし、それ以上に、自分を、妹の後釜にして、つき合って欲しい。そう要求したんじゃないんですか？　しかし、それを、片岡社長に、拒絶されてしまった。あなたは、ここまで脅かしたのに、金は払うが、しかし、自分との関係を、拒否した片岡社長に対して、猛烈に、腹が立った。あるいは、死んだ妹さんに、改めて、嫉妬したのかも知れませんね。

それで、あなたは、片岡社長を、殺すことを決意した。腹が立っていたし、同時に、このままで行けば、自分が、妹を殺したことが、バレてしまうかも知れない。そこで、ねぶたの夜、あなたは、ナイフで、片岡社長を刺して、殺したんだ。そして、妹の仇を、討ったといった。誰もが、その話を信用して、中には、あなたの犯行を、賞賛する人まで出てきた。しかし、私は、騙されませんよ。あなたは、嫉妬から、妹さんを殺し、片岡社長の愛情と、金との両方を、手に入れようとして、失敗したんですよ。

ああ、それから、弁護士さんにかかってきた女の電話ですが、あれも、あなたがかけたに、違いないと、私は、思っています。声が違っているのは、変声機を使えば、簡単に変えられますからね」

「でも、どうして、私が、そんなことをする必要が、あったんですか？　バカバカしいじゃありませんか？」

と、美津子が、反論した。

「たぶん、あなたは、その電話の会話を、録音していたんだ。そして、その録音を片岡社長を、脅かすことに、利用したんですよ。片岡社長が、自分の要求を拒否すれば、この録音を公表する。そうすれば、あなたは、間違いなく、真犯人に、されてしまう。

そういって、片岡社長を、脅かしたんじゃありませんか？　それでもダメだったために、あなたは、最後に手紙を書いた。片岡社長を殺す前日の、八月一日に、あなたは、地元の新聞社あてに、投函したんですよ。そうしておいてから、翌二日の夜、あの、ねぶた祭りの喧噪の夜ですよ。あなたは、ナイフで、片岡社長を、刺して殺したんです。そうすれば、大騒ぎになり、八月三日に、送っておいた手紙を、新聞社が発表する。そうすれば、あなたは、間違いなく、妹の仇を討った、妹思いの、姉ということになって、情状酌量され、刑期も、短くて済む。その上、あなたが、妹を殺した罪も、消えてしまう。そう思って、あなたは、祭りの夜、片岡社長を、刺したんですよ。

何か、いうことがありますか？」

本書は二〇〇七年九月、文春文庫より刊行されました。

本作品はフィクションです。実在のいかなる組織、個人とも、一切関わりのないことを付記します。（編集部）

青森ねぶた殺人事件

西村京太郎

令和2年 5月25日　初版発行

発行者●郡司 聡

発行●株式会社KADOKAWA
〒102-8177　東京都千代田区富士見2-13-3
電話　0570-002-301（ナビダイヤル）

角川文庫 22173

印刷所●株式会社暁印刷
製本所●株式会社ビルディング・ブックセンター

表紙画●和田三造

●お問い合わせ
https://www.kadokawa.co.jp/（「お問い合わせ」へお進みください）
※内容によっては、お答えできない場合があります。
※サポートは日本国内のみとさせていただきます。
※Japanese text only

ISBN 978-4-04-109575-1　C0193

◇◇◇

角川文庫発刊に際して

角川源義

第二次世界大戦の敗北は、軍事力の敗北であった以上に、私たちの若い文化力の敗退であった。私たちの文化が戦争に対して如何に無力であり、単なるあだ花に過ぎなかったかを、私たちは身を以て体験し痛感した。西洋近代文化の摂取にとって、明治以後八十年の歳月は決して短かすぎたとは言えない。にもかかわらず、近代文化の伝統を確立し、自由な批判と柔軟な良識に富む文化層として自らを形成することに私たちは失敗して来た。そしてこれは、各層への文化の普及滲透を任務とする出版人の責任でもあった。

一九四五年以来、私たちは再び振出しに戻り、第一歩から踏み出すことを余儀なくされた。これは大きな不幸ではあるが、反面、これまでの混沌・未熟・歪曲の中にあった我が国の文化に秩序と確たる基礎を齎らすためには絶好の機会でもある。角川書店は、このような祖国の文化的危機にあたり、微力をも顧みず再建の礎石たるべき抱負と決意とをもって出発したが、ここに創立以来の念願を果すべく角川文庫を発刊する。これまで刊行されたあらゆる全集叢書文庫類の長所と短所とを検討し、古今東西の不朽の典籍を、良心的編集のもとに、廉価に、そして書架にふさわしい美本として、多くのひとびとに提供しようとする。しかし私たちは徒らに百科全書的な知識のジレッタントを作ることを目的とせず、あくまで祖国の文化に秩序と再建への道を示し、この文庫を角川書店の栄ある事業として、今後永久に継続発展せしめ、学芸と教養との殿堂として大成せんことを期したい。多くの読書子の愛情ある忠言と支持とによって、この希望と抱負とを完遂せしめられんことを願う。

一九四九年五月三日